COLLECTION

Les Voyages de Victor

ANNE-MARIE TRUDEAU

Données de catalogage avant publication (Canada)

Trudeau, Anne-Marie, 1962-

Les Voyages de Victor

(Collection Watatatow ; 5)
Pour les jeunes.

ISBN 2-89037-995-7

I. Titre. II. Collection.

PS8589.R715V69 1999 jC843'.54 C99-940836-4
PS9589.R715V69 1999
PZ23.T78Vo 1999

Les Éditions Québec Amérique bénéficient du programme
de subventions globales du Conseil des Arts du Canada

Le Conseil des Arts The Canada Council
du Canada for the Arts

Elles tiennent également à remercier la SODEC
pour son appui financier.

SODEC
Québec ⠶

Nous reconnaissons l'aide financière du gouvernement du Canada
par l'entremise du Programme d'aide au développement
de l'industrie de l'édition (PADIÉ) pour nos activités d'édition.

Canadä

Diffusion :
Messageries ADP
955, rue Amherst
Montréal (Québec) H2L 3K4
(514) 523-1182
extérieur : 1-800-361-4806 • télécopieur : (514) 939-0406

Dépôt légal : 2e trimestre 1999
Bibliothèque nationale du Québec
Bibliothèque nationale du Canada

Révision linguistique : Monique Thouin
Mise en pages : Andréa Joseph [PageXpress]

LES VOYAGES DE VICTOR

Anne-Marie Trudeau

QUÉBEC AMÉRIQUE JEUNESSE

329, rue de la Commune O., 3ᵉ étage, Montréal (Québec) H2Y 2E1, Tél.: (514) 499-3000

À tous ceux qui m'ont cru pendant toutes ces années où j'ai affirmé haut et fort qu'un jour j'écrirais un roman… Le voici. Il est à vous !

«Heureux qui comme Ulysse a fait un long voyage!» J'ajouterai : au bout de lui-même.

Première lettre
Le vent dans les voiles

Salut Pierre,

C'est toi le récipiendaire de ma première lettre. Tel que promis avant mon
départ, j'écrirai à chacun d'entre vous une
seule lettre. En provenance de pays différents. Chacune d'elles vous racontera une
aventure, une impression ou décrira simplement dans le détail mon quotidien de
pèlerin dans l'une des ces contrées loin-
taines que je m'apprête à visiter. Réunies,
ces lettres constitueront une espèce de
journal de bord. Des histoires courtes, des
flashs, un peu comme des clips. Les péri-
péties d'un tripeux, d'un gars parti avec
seulement quelques dollars en poche, son
sac sur le dos, guérir ailleurs sa peine
d'amour. Et voir s'il est vrai que l'herbe est
plus verte dans le jardin du voisin...

Je vous demande de conserver pré-
cieusement ces quelques lettres. À mon

retour, je compte sur elles pour me remémorer ce qui ne sera plus alors que d'anciennes odeurs.

Mon départ a été soudain, je sais, mais je n'étais plus capable de vivre avec ce sentiment d'oppression qui m'habitait. J'étouffais de tout : de votre sollicitude, de la peur de rentrer dans mon appartement vide, de la peur de croiser Charline avec un nouveau chum. De la peur de ne pas la croiser... C'était devenu insupportable ! Il fallait que ça s'arrête. J'ai donc décidé de couper les ponts et de prendre le large... Complètement !

▲ ▲ ▲

Octobre.

Ciel bleu pétant et grosse gelée blanche sur le pont du *Eau boute*. Rive sud du fleuve Saint-Laurent. Embarquement prévu pour sept heures du matin. Durant les prochains mois, je vais partager mon quotidien avec cinq adultes et un enfant, et mon temps entre ma caméra et les manœuvres à effectuer sur un voilier d'une vingtaine de mètres de long. Tout cela, entre le ciel et la terre.

Janine et Michel ne tiennent plus en place. Ce matin, en même temps que la brume, dix ans de travail s'évanouissent. Dans le ciel, une volée d'oiseaux prend aussi la route vers des cieux plus cléments. Et cette année, pour la première fois en les regardant, sans doute parce que je prends la route aussi, je n'ai ni la gorge qui se serre ni de sentiment d'envie qui m'envahit.

— Bon voyage les canards ! Nos chemins vont sans doute se recroiser bientôt !

▲ ▲ ▲

J'ai fait la connaissance de Michel, un géographe, par hasard, au cours du tournage d'une vidéo corporative que je réalisais pour le compte du gouvernement du Québec et sur laquelle j'avais été engagé à titre de cameraman. Sur son bureau, il y avait une photo de lui, sa femme et son fils, debout devant un superbe voilier à la coque rouge. Ils souriaient de toutes leurs dents. Michel m'a expliqué que c'était son bateau et qu'il s'apprêtait à prendre la mer avec sa famille, durant quelques années.

— Beau bateau !

— Pas mal pour un bricoleur amateur, hein ?

— C'est toi qui as construit ça ?

— Restauré de mes mains ! Entièrement.

J'étais bouche bée.

—Ça te tente-tu d'embarquer avec nous autres ?

Décidément ce bonhomme était complètement patraque !

—Tu m'as l'air plutôt mal en point. Une peine d'amour, je gagerais ?

—Comment t'as su ?

—L'expérience sans doute... Je ne te dirai pas que le temps arrange les choses. Je te propose plutôt de te le prouver. Embarque avec nous. On se cherche un dernier coéquipier.

—Mais je ne sais pas naviguer.

—Mais tu sais tourner ! J'ai justement besoin d'un cameraman pour filmer notre aventure. Je compte vendre le film et faire ainsi des sous pour aider à financer notre expédition. Ça me prend un pro ! En ce qui concerne les manœuvres de navigation, ne t'en fais pas, ça s'apprend bien assez vite.

—Me laisses-tu deux minutes pour y penser ? que je lui ai lancé en riant.

—Viens donc prendre une bière à la maison ce soir. On en reparlera. En même temps, ça te permettra de rencontrer Janine, ma femme, et Simon, mon gars !

▲　▲　▲

Ce soir-là, j'ai fait la connaissance de la petite famille de Michel. Tout de suite, la chimie a opéré. On a parlé de tout et de rien, comme si on était des vieux amis.

Je leur ai parlé de moi. De toi. De ce nous deux qui n'existait plus.

— Quel serait notre itinéraire ?

— En gros, la route du rhum.

— C'est-à-dire ?

— Départ de Montréal. Premier arrêt aux Antilles. La Guadeloupe et/ou la Martinique, principalement. Puis, une halte au Venezuela et une autre encore au Brésil. Ensuite, peut-être les îles Galápagos ou l'Europe. Ça reste à voir...

J'avais les yeux dans le vague et l'esprit qui vagabondait rien qu'à entendre tous ces noms qui font rêver. Des noms que j'avais entendus durant mes cours de géographie et dans certains documentaires et qui, parce qu'ils étaient maintenant à portée de main, prenaient une tout autre signification

— Victor, m'écoutes-tu ?

Je sursautai.

— Excusez-moi, j'étais dans la lune. Tu disais ?

— Je te disais qu'au lieu de continuer vers l'Asie on pourrait revenir sur nos pas, vers l'Atlantique, et naviguer vers l'archipel des Açores : Flores, Faial et Sao Miguel à quatre cent quatre-vingts kilomètres plus à l'est. Puis, ce sera Madère et les Canaries, la côte d'Azur et après, qui sait...

Lorsque je suis sorti de chez Janine et Michel ce soir-là, pour la première fois depuis des mois la boule que j'avais dans l'estomac m'avait quitté. Pour la première fois, je n'avais pas peur de rentrer seul à la maison. Et surtout, pour la première fois depuis longtemps, je me reprenais à rêver de quelque chose. Mû par une impulsion subite, je suis revenu sur mes pas sonner à la porte de Michel.

— Tu as oublié quelque chose ? me demanda Janine avec un sourire ironique.

— Oui. De vous dire que j'embarque. Si vous voulez de moi !

Michel a éclaté de rire. Janine aussi. Quant à Simon, dont je n'avais pourtant fait la connaissance que quelques heures plus tôt, il s'est littéralement jeté dans mes bras !

— Ça va être super ! Tu vas voir, on va pêcher ensemble. Et puis, tu vas pouvoir m'apprendre à filmer !

Lorsqu'il sera grand, Simon rêve de tourner des films documentaires sur les animaux, m'avait-il confié durant la soirée. À sept ans, il a bien le temps de changer d'idée...

Après qu'ils eurent de nouveau refermé leur porte derrière moi, j'ai levé les yeux au ciel et pris une grande inspiration.

— Eh ben, mon Victor, semblerait que tu viens de prendre rendez-vous avec le bout du monde et de toi-même !

▲ ▲ ▲

Je filme notre départ. Toutes ces mains qui s'agitent en notre direction, les silos à grains de ciment du Vieux-Montréal qui forment un gigantesque écran entre la terre et l'eau du fleuve et le paysage qui défile doucement jusqu'au quai de Verchères, identifiable à sa statue. En la voyant la tête fièrement dressée, je me sens soudainement, comme elle, prêt à livrer combat. Comme par magie me voilà devenu un grand explorateur prenant la route vers des terres inconnues.

— À l'abordage ! hurle soudainement Michel qui me tire de ma rêverie.

— Filme ça pour la postérité, mon Victor !

Ça, c'est notre premier empannage. Une manœuvre facile à réaliser, selon

Michel, mais impressionnante pour le moussaillon que je suis.

—Mets-toi bien à l'abri de la bôme, me crie Michel en me montrant du doigt l'immense traverse horizontale accrochée au mât principal.

En moins de deux secondes, le calme qui régnait sur le navire s'est transformé en un enfer bruyant : les gars se démenaient sur le pont, Michel hurlait ses ordres, les voiles claquaient librement au vent en faisant un boucan d'enfer tandis que les écoutes volaient en tous sens. Puis, en quelques secondes, comme il était venu, le bruit est reparti et ça a été de nouveau le calme plat. Notre première mission était accomplie. Avec succès. Michel m'a confié par la suite qu'une manœuvre de ce genre est tout de même un peu dangereuse puisque le mât d'un bateau peut se briser... Nous naviguons maintenant dans une nouvelle direction. Direction qui m'éloigne de vous tous. Pour être honnête, ça ne me dérange pas; la perspective de l'aventure l'emporte sur le reste.

▲ ▲ ▲

Sur un bateau, la vie n'est pas la même que sur terre, je t'en passe un papier. À chaque instant de chaque jour, ta vie dépend de la vigilance de ceux qui manœuvrent. La moindre tâche nécessite une attention pleine et entière. La plus petite distraction peut mener à la catastrophe, surtout lorsque la mer est houleuse comme aujourd'hui.

— Allez, Victor. Arrête de penser à ta blonde et viens me donner un coup de main ! Janine va démarrer le moteur ! Simon, va vite mettre la vaisselle sous clé pour empêcher qu'elle ne tombe et se brise. Jean, vite, le génois ! Lise...

Michel aboie ses ordres avec fermeté. On sent qu'il est nerveux. Moi aussi, d'ailleurs. Ce matin, on est arrivés en Nouvelle-Écosse. C'est ici que, comme le fleuve, nous nous jetons à la mer. J'ai l'estomac qui se noue. Après avoir aidé Michel, je descends mettre mon matériel de tournage à l'abri dans ma cabine. Déjà, je sens le tangage qui se fait plus fort. Voilà que j'expérimente mon premier haut-le-cœur. Je me dépêche de tout ranger et remonte sur le pont en vitesse. J'ai à peine le temps de me pencher au-dessus du bastingage que déjà je vomis mon petit-déjeuner. Simon se moque de moi :

— J'ai l'estomac plus fort que le tien !

— File, petit monstre, ou je dégobille sur toi.

Simon s'enfuit en riant. Je fais semblant de rire aussi mais j'ai l'orgueil un peu piqué au vif.

Janine le remarque mais ne dit rien.

— Va donc mettre un manteau chaud, ta tuque, un foulard et des mitaines. Y a rien comme l'air du large pour prévenir le mal de mer, mais y a rien non plus comme le grand air du large de la fin octobre au Québec pour te faire attraper la crève ! Je n'ai pas envie de jouer à l'infirmière. Allez, ouste, va t'habiller !

C'est vrai qu'il est loin de faire chaud sur le pont.

Soudain, malgré le vent qui souffle très fort, je réalise que le moteur ne ronronne plus. Ce silence signifie que nous venons de couper le cordon ombilical qui nous rattachait aux côtes. Le grand saut dans le vide est fait !

▲   ▲   ▲

À bord, la vie se déroule bien. La cohabitation n'est cependant pas toujours évidente. Ça me rappelle la maison chez Ginette et Jocelyn. Ceci étant dit, la vie sur un bateau n'a rien à voir avec celle sur la terre ferme. Sur tous les plans. La différence la plus frappante concerne bien sûr la nourriture et l'eau. L'approvisionnement en fait. Comme il n'y a pas d'épicerie au coin de la rue, tu t'imagines que tout est donc rationné, comptabilisé. Soigneusement. Par exemple, ma ration quotidienne en eau potable est d'environ deux litres. Et un litre pour ma douche. Pas une goutte de plus. Le moindre gaspillage, la moindre gourmandise sont passibles d'une réprimande sévère !

Je te dis, mon gars, vivre sur un voilier, ça t'apprend à prendre conscience d'un paquet d'affaires : des autres à bord, de toi-même, du reste du monde. La première leçon que j'ai apprise, c'est que la personne la plus importante à bord du voilier, c'est soi ! Chaque jour, il faut que tu t'arranges pour que les gestes que tu fais soient en fonction de ta propre sécurité. Si tu ne perds jamais ça de vue, c'est la peau de tout le monde à bord que tu vas sauver puisque tu vas toujours t'arranger pour prendre la meilleure décision possible !

Depuis, chaque jour je m'applique à survivre et à aider les autres à survivre aussi. Une autre chose s'est installée en moi, et c'est une nouvelle conscience du reste du monde et de l'environnement. Depuis que je navigue, laisse-moi te dire que je me suis sensibilisé à différentes questions, dont la pollution des eaux et surtout la pêche commerciale. Faut dire qu'après ce que j'ai vu ça aurait été difficile de faire autrement. Écoute ça : l'autre jour, on a aperçu au loin un énorme bateau de pêche. Le lendemain, en me réveillant, je me suis aperçu que le bateau était parti. Quelques heures plus tard, Jean m'a crié de venir voir sur le pont.

— J'pense qu'on vient d'arriver exactement à l'emplacement où se trouvait le bateau de pêche d'hier !

— Comment ça ?

Il m'a fait signe de jeter un coup d'œil par-dessus bord. Partout autour à la surface de l'eau, flottaient, ventre en l'air, des milliers de carcasses de poissons morts. Parmi celles-ci, deux dauphins.

— Ces navires de pêche utilisent des filets gigantesques qui couvrent des kilomètres de distance. Ils pratiquent une pêche à l'aveugle. Aucun poisson se trouvant dans ce périmètre ne peut y échapper. Ce chalutier devait pêcher du thon.

— À voir la quantité de poissons morts qui flottent ici, il a dû, à lui tout seul, en remonter à son bord plusieurs milliers de kilos, ajouta Michel qui venait de nous rejoindre sur le pont.

— À ce rythme-là, comment les poissons arrivent-ils à se reproduire ?

— Ils n'y arrivent pas. Si les choses continuent ainsi, les océans seront vides dans pas longtemps.

— Mais quoi faire pour empêcher ça ?

— Difficile à dire. Devenir végétariens ? Se voter des gouvernements ou des organismes de contrôle qui réglementeraient efficacement la pêche ? Je ne le sais pas. Tout ce que je sais, c'est qu'on va devoir être créatifs bientôt !

Depuis ce temps-là, bonhomme, la tête arrête pas de me marcher !

▲ ▲ ▲

Le beau temps s'est levé après des jours de crachin, de grisaille et de pluie. Une pluie qui devenait de plus en plus chaude à mesure que nous nous éloignions du Québec. De l'habit de neige, nous sommes passés aux shorts et au maillot de bain en quelques jours. Dorénavant, ça sera notre uniforme à bord. Aussitôt, en fait, que la pinte de lait que je suis aura vu sa peau s'habituer au soleil...

Ce matin, les dauphins escortaient le *Eau boute* lorsque je me suis levé. Selon Michel, ça signifie que nous approchons de la terre... Quelques heures plus tard, elle est droit devant. Les petites taches brunes et basses sur l'horizon que j'aperçois au loin, ce sont les Antilles. La terre continue d'approcher. Dès que la dernière pointe est virée, la houle cesse. Plus de roulis ni de tangage. Les vacances... enfin !

Fort-de-France, Pointe-à-Pitre. La Martinique et la Guadeloupe. Coup sur coup. Le choc après tous ces jours en mer ! Ces îles sont d'une beauté extraordinaire et enlevante, mais maudit que j'y ai trouvé la foule dense et bruyante. Plus on vit sur un navire et plus on devient sauvage, on dirait. Et ce, même si la vie communautaire et les autres qui partagent ton espace sont constamment au centre de tes préoccupations quotidiennes.

Du courrier m'attendait à la poste restante. Je vous remercie pour votre lettre, elle m'a fait plaisir. Ainsi tout va bien chez vous, mis à part l'hiver gris et froid. Ce n'est pas pour être baveux, mai ici, le soleil ne cesse de briller.

Au marché local, qu'on appelle la Savane, j'ai acheté cet après-midi un collier fabriqué par un artisan de l'endroit. Je te l'envoie. Un grigri, qui j'espère va te porter chance ! Il est sculpté dans de la pierre. Il y en avait des plus beaux, mais ils étaient taillés dans de l'os ou des fanons de baleine ; c'était pas assez écologique. J'ai donc choisi celui-ci. J'ai aussi fait la rencontre d'une charmante Martiniquaise qui m'a proposé de faire avec elle une expédition dans les montagnes. C'était génial ! Nous sommes montés à une si haute altitude que l'on ne voyait rien en bas. On peut dire que pour la première fois j'avais véritablement la tête dans les nuages ! J'ai malheureusement dû rentrer tôt puisque cet après-midi-là, j'étais de corvée pour le nettoyage du bateau. Dans quelques jours, on s'apprête à prendre la route vers le Venezuela.

Deuxième lettre

Où je m'initie à la plongée

Cher Domingo,

À qui d'autre donner des nouvelles fraîches de l'Amérique du Sud ? Comment tu vas ? Bien, j'espère. Moi, en tout cas, ça va de mieux en mieux. On s'apprête à accoster au Venezuela. J'ai hâte de voir ça, man ! Pour le moment, c'est le calme plat du côté des vents. Alors, on avance à moteur. Comme ça nécessite moins de bras, on en profite pour penser à célébrer notre arrivée prochaine.

— Si on se faisait une petite fête ce soir ?

Simon bat des mains.

— Je vais pêcher des poissons pour tout le monde. On va se faire un super-festin !

Ce gamin est fou de la pêche. Chaque jour, depuis qu'on est partis, il s'installe à l'arrière du bateau et trempe sa ligne à l'eau. C'est incroyable le nombre de prises qu'il fait. Et pas des petits poissons. Des trucs complètement mastoc : des thons géants, des daurades aux couleurs extra-ordinaires, bref, des poissons magnifiques. Encore une fois, aux côtés de Simon, je fais bien piètre figure. Le vieux dicton qui dit qu'il est plus facile de sortir un gars de la ville que la ville du gars prend tout son sens en ce qui me concerne.

Lise et Jean ne tiennent plus en place. Ils avaient prévu faire le voyage avec nous. Chemin faisant, ils ont pris la décision de descendre à Juan Griego, que nous apercevrons ce soir. Je crois que les rigueurs de la vie en mer, liées au manque d'intimité que ce genre de vie communautaire impose, les ont convaincus de poursuivre leur périple en tête-à-tête. Personnellement, ça ne me dérange pas trop. Mon petit cœur en miettes trouve pénible de les voir si amoureux. C'est égoïste de dire ça, mais leur bonheur me fait mal aux yeux ! Surtout que Lise me fait penser à Charline. Un soir, il y a quelques jours, la lune était pleine et nous étions de veille, elle et moi. Comme la nuit était calme, elle m'a demandé la permission de prendre quelques minutes de repos. Accoudée au bastingage, elle rêvait le nez tourné vers les étoiles. Et moi je la dévorais des yeux. Sans doute alerté par un sixième sens, Jean est monté sur le pont sans faire de bruit. Je ne sais pas combien de temps il est resté là, à me regarder admirer sa blonde. Toujours est-il que, le lendemain matin, il a fait part à Michel de leur décision de quitter le navire en touchant terre.

▲ ▲ ▲

— Terre à bâbord !

Nous étions tous assis sur le pont, en train de nous gaver comme des cochons. Le vin coulait à flots et la bonne humeur régnait, lorsqu'on a entendu le cri de Michel. On a tous tourné la tête vers la gauche. Au loin, dans le rose orangé du couchant, j'ai aperçu une bande de terre noire qui découpait l'horizon. L'île de Margarita. Un bijou au milieu de nulle part. Sans que je sache trop pourquoi, les larmes me sont montées aux yeux. Et j'ai pensé à vous. Pour la première fois depuis que j'étais parti, vous m'avez manqué. J'ai souhaité que vous soyez là pour partager mon émotion. C'était indescriptible.

Jamais de ma vie je n'ai ressenti quelque chose de ce genre. Un mélange d'enthousiasme et de désarroi profond. C'était comme si, soudainement, je me rendais compte que notre petite bulle, celle dans laquelle nous vivions depuis toutes ces semaines, allait de nouveau se crever. Demain, en accostant au port, nous allons retrouver la vie terrestre et avec elle toutes les tracasseries qu'elle implique. J'en ai parlé à Janine, qui m'a dit que c'était la même chose pour elle. Ça m'a rassuré.

On a tout de même terminé notre repas dans l'excitation générale. Ce soir-là, on a décidé de jeter l'ancre et de dormir une dernière fois sur l'eau. Nous accosterons demain matin. J'ai passé la nuit seul, assis sur le pont à regarder les lumières et l'agitation qui régnait sur la bande de terre à quelques centaines de mètres devant moi. Mon nez était en éveil autant que mes oreilles. Le moindre bruit familier, la moindre odeur m'interpellait au plus profond de moi-même. Au milieu de la nuit, j'ai vu les barques des pêcheurs prendre la mer. Elles sont passées silencieusement à côté de nous. Quelques heures plus tard, aux premières lueurs de l'aube, je les ai vues qui revenaient. À peine le soleil était-il levé, que déjà les pêcheurs étaient installés sur le bord de la plage et qu'ils vendaient le contenu de leur cargaison aux premiers acheteurs matinaux. L'eau était totalement lisse et, sur le rebord des barques amarrées, des pélicans étaient perchés. Ils attendaient patiemment que la foule se disperse pour voler vers la plage et venir piquer les restes de cette pêche, pour leur petit-déjeuner.

▲ ▲ ▲

Depuis qu'on est arrivés ici, il y a deux semaines, je dors à la belle étoile sur le pont du bateau et je fais de la plongée sous-marine, un sport auquel Mario et François m'ont initié. Ce sont deux Québécois installés ici depuis des années et qui gagnent leur vie comme moniteurs de plongée. Mais leur véritable passion, plus que la plongée, c'est l'archéologie sous-marine :

— La mer est le plus riche musée du monde ! disent-ils. Elle contient tout un monde de trésors engloutis. Si tu veux, demain après-midi, on t'amène avec nous. Ça fait près de trois mois que nous sommes à la recherche de l'épave d'un galion espagnol du seizième siècle qui aurait coulé il y a plus de quatre cents ans. On pense avoir découvert l'emplacement mais on n'est pas certains. Ça te tente ?

— Mets-en que ça me tente, man ! À quelle heure voulez-vous plonger ?

— Deux heures. Ça ira pour toi ?

— Ça sera parfait.

▲ ▲ ▲

— Les épaves constituent les sites sous-marins les plus spectaculaires. Elles se trouvent le plus souvent dans les endroits accidentés près des côtes rocheuses abruptes, des îlots isolés, des zones de fort trafic maritime ou aux abords des villes maritimes célèbres d'autrefois.

— Un navire naufragé apprend plus aux archéologues qu'un site fouillé sur la terre ferme.

— Pourquoi ?

— Parce que, quand un bateau coule, c'est tout un monde qui se fige. Une épave fournit une quantité impressionnante d'objets de même date et de même provenance. En plus des renseignements précieux sur les pièces d'équipement et la construction du bateau, l'épave fournit aussi de nombreux objets de la vie quotidienne : ustensiles de cuisine, articles de toilette, etc.

—Même la nourriture retrouvée sur des épaves nous livre des indications précieuses sur ce que les gens mangeaient à l'époque. Sur des bateaux de l'Antiquité, on a découvert des squelettes d'animaux tels que des moutons, des bœufs, des porcs et des chèvres. Tu me croiras ou non, mais certains de ces os avaient été découpés selon les mêmes procédés qu'utilisent les bouchers d'aujourd'hui !

—Bon, assez parlé. On y va ?

—On y va !

C'est totalement capoté ! Pour se rendre jusqu'au site, il nous a fallu nager dans des lagons turquoises où j'ai aperçu des poissons multicolores aux formes complètement étranges. Le fond de l'océan est fabuleux, mais dangereux aussi. En plongeant, j'ai découvert une grotte. En m'en approchant pour l'explorer de plus près, j'ai aperçu, juste à temps, un bébé requin d'environ deux mètres qui y faisait la sieste ! J'ai eu la chienne de ma vie ! Tu aurais dû me voir regagner la surface comme un malade ! Comble de malheur, dans ma panique, j'ai oublié de faire attention à ces buissons de corail de feu que j'avais aperçus durant ma descente. Qui s'y frotte, s'y pique, dit le proverbe. Je m'y suis brûlé plutôt sérieusement, mais j'étais trop énervé pour m'en préoccuper. Lorsque Mario m'a rejoint à la surface, il m'a demandé ce que j'avais.

—J'ai vu un requin !

—Où ça ?

—Dans une grotte, juste à côté des buissons de corail de feu.

—Est-ce qu'il bougeait ?

—Pas vraiment.

—T'as pas à t'inquiéter. À cette heure, ils font généralement la sieste. Si tu ne les déranges pas, ils ne vont pas venir t'attaquer.

—Comment tu fais pour en être aussi sûr ?

—Quand on plonge, Victor, on n'est jamais certain de rien. Ni de trouver ce qu'on cherche, ni d'être en sécurité !

On a replongé deux ou trois fois. Malheureusement, on n'a rien trouvé. On est revenus bredouilles et affamés. Sur la plage, une surprise nous attendait.

Jorge, un des copains de François, est propriétaire d'un petit resto de fruits de mer appelé le *Vina del Mare* qui est situé directement sur la plage. Impressionné par

notre odyssée, il avait préparé un pique-
nique au bord de la mer, ce soir-là.

— Vous pourrez me raconter vos aventures.

Autrefois Jorge faisait beaucoup de
plongée en compagnie de Mario et
François. Plongeur fabuleux, il aimait bien
s'aventurer en territoires inconnus et en
eaux très profondes. Un jour, alors qu'il
plongeait à une très grande profondeur, sa
bombonne d'oxygène a fait défaut. Lorsqu'il s'est aperçu qu'il commençait à man-
quer d'air, il n'a pas eu le choix de remonter immédiatement et tout d'un trait, au
lieu de faire, comme il se doit, des arrêts à
intervalles réguliers que l'on appelle
paliers de décompression. Durant sa
remontée un de ses tympans a littéralement éclaté. Depuis ce temps, non seulement Jorge est sourd d'une oreille, mais il
est de plus incapable de se mettre la tête
sous l'eau sans que cela ne lui cause d'in-
supportables douleurs.

— Y a rien à dire. On n'a encore rien
trouvé. J'aurais pourtant juré que...

— Tu dis toujours ça ! déclara Jorge en
riant.

On s'est fait griller des rougets et des
calmars sur la braise. Le tout arrosé de

quelques bouteilles de vin rosé et accompagné de pain de maïs fait maison. On a mangé tout notre soûl puis on a été danser dans une petite boîte locale. Les tables et les chaises de cette discothèque étaient posées à même le sable, et une estrade de bois servait de plancher de danse. Exotisme garanti ! Quand je suis entré dans la place, une diseuse de bonne aventure s'est jetée sur moi pour s'emparer de ma main.

— Je vois un avenir magnifique pour toi. Beaucoup d'aventures et de grandes découvertes. Méfie-toi des gens de la mer. Ils ne te veulent pas tous du bien... Bientôt, je vois pour toi des montagnes. De très hautes montagnes. Et une femme. Elle est très jeune et très pauvre. Je vois aussi un enfant... Un garçon !

Je retirai ma main brusquement. Cette femme me faisait peur, je crois !

Heureusement pour moi, à cet instant, une magnifique Vénézuélienne est venue m'inviter à danser. Elle m'a entraîné sur la piste de danse pour m'initier à la salsa et à la lambada. Le reste de la soirée se passe de commentaires... Pauvre fille ! ce qu'elle a dû avoir mal aux pieds le lendemain.

Troisième lettre

Petite mort au Brésil

Salut Chicoine,

Me voici au Brésil, surnommé le géant de l'Amérique du Sud parce qu'il couvre la moitié de sa superficie et regroupe une part égale de sa population. Cette dernière est composée de Blancs, de Noirs, d'Indiens et d'Asiatiques – la plupart métissés. Sa luxuriante nature amazonienne, ses endroits de villégiature, mais aussi ses *favelas* (bidonvilles) présents partout dans le pays, font de ce pays un endroit rempli de contradictions. D'un côté, plus d'un demi-million d'enfants sont sans abri et dorment dans les rues. Plusieurs d'entre eux sont organisés en gangs de rue; à neuf ou dix ans déjà, ils harcèlent les touristes, vendent de la dope et certains travaillent à la solde de tueurs à gages qui les emploient pour faire le nettoyage de certains quartiers! Un scandaleux problème auquel le gouvernement n'arrive pas à faire face. Un autre, tu me diras... En même temps, il existe ici une concentration de richesses qui fait mal à regarder. Mercedes, Jaguar et Rolls stationnées sur des avenues luxueuses devant des maisons de couture et des commerces de renom!

Autre contradiction qui m'a frappé, le Brésil est un pays catholique et religieux, comme la plupart des pays d'Amérique du Sud. En même temps, je te dirais que le Brésil est l'un des pays les plus érotiques que j'ai vus. Ici, non seulement la peau se décline en une véritable variété de couleurs, mais elle est constamment exposée aux regards de tous. Pas seulement sur les plages, mais dans les rues, les autobus et même les boutiques et les restaurants. Ici, tout le monde est sexy. C'est vraiment weird! Lorsque j'ai passé le commentaire à Michel, il m'a regardé avec un sourire amusé.

— On dirait que tu prends du mieux, toi...

J'ai rougi, mais je crois qu'il a raison. Ma peine d'amour commence à me faire moins mal.

— Tu devrais voir ça durant le carnaval. J'ai jamais vu autant de peau nue réunie dans toute ma vie. Seins, cuisses, fesses, jambes et bras dénudés, en veux-tu en voilà ! Mais étrangement, la plupart des gens masquent leur visage.

—Ils portent des masques écœurants ! ajoute Simon. Des masques couverts de plumes, de brillants, avec des voiles. C'est vraiment beau !

—T'as vu ça, toi ?

Simon hocha la tête en signe d'affirmation.

—Oui, à la télé.

▲ ▲ ▲

Janine est zoologiste. Quelque temps plus tard, elle avait rendez-vous dans un institut spécialisé dans la recherche sur les venins de serpent. Simon et moi avons insisté pour l'accompagner. Depuis plusieurs dizaines d'années, cet institut se consacre exclusivement à l'étude des serpents et à la recherche et la fabrication de sérums et d'antidotes destinés à guérir les victimes des nombreuses morsures empoisonnées. Durant plus d'une heure, on nous a expliqué les diverses expériences de transplantations et d'analyses qu'il faut effectuer pour mettre au point un antidote. Puis on nous a amenés dans une pièce gigantesque entièrement vitrée et derrière les vitres de laquelle on a reconstitué une sorte de terrarium géant, rempli de terre, de pierres, de végétaux et dans lequel vivent des centaines de reptiles tous plus dangereux les uns que les autres. Un employé est ensuite venu véritablement nous montrer comment on fait sortir les serpents de leurs grottes – des grottes spécialement aménagées et qui recréent le plus exactement possible l'habitat naturel de ces reptiles –, comment on les attrape à l'aide de bâtons fourchus ou d'une espèce de lasso, et comment on extirpe leur venin. Bref, tout le tralala, quoi...

J'ai le frisson au souvenir de ce que j'ai vu ! Dans les tunnels grouillaient des centaines de serpents de toutes les couleurs et de toutes les tailles. Certains mesuraient jusqu'à deux mètres de long ! En tout cas, j'aurais pas voulu être le mec chargé de les attraper. À chaque instant de sa vie, ce bonhomme risque sa peau. La moindre distraction et c'en est fait de lui ! D'abord, il pénètre dans ces immenses terrariums qui grouillent de partout. Ensuite, il tente de capturer un serpent à l'aide du bâton fourchu dont il se sert pour immobiliser l'animal. Ensuite, avec un autre bâton, muni d'une corde, il lui enserre la tête et la maintient le plus loin possible de lui car, à ce stade-ci de l'opération, le serpent est furieux. Lorsque le reptile, au bout d'un long moment, semble se calmer, le gars en profite pour lui saisir la tête avec une main et réussit à lui faire ouvrir la gueule. Toi, bien en sécurité derrière une vitre, tu observes tout cela. Ce corps emprisonné qui se débat pour se libérer en se tortillant dans tous les sens; cette gueule qui s'ouvre immensément grand; ces crocs qui se dressent prêts à l'attaque et qui n'attrapent que le couvercle souple d'un récipient de verre dans lequel le précieux poison gicle... Brrr! Ensuite, le serpent est relâché avec d'infinies précautions et le bonhomme repart avec son petit bocal de verre, mine de rien!

Mais de tout ce que j'ai vu, ce qui m'a le plus impressionné, c'est une bouteille remplie de petits cristaux blanchâtres et qui se trouvait dans le laboratoire. Là-dedans est conservé sous la forme la plus concentrée possible le venin de quatre-vingts mille serpents! Le moindre de ces granules presque invisibles à l'œil nu peut aisément tuer un homme en une seconde. Jamais auparavant, je n'avais vu la mort sous une forme aussi concentrée. Tu te rends compte? Pendant quelques secondes, je l'ai même tenue entre mes mains!

J'ai éprouvé pas mal de soulagement à quitter cet endroit isolé dans la verdure d'une colline entourée par la nature. Je suis retourné sur le bateau un peu bouleversé. Depuis des mois, nous affrontons chaque jour plus de dangers que j'en ai affronté durant toute ma vie et que sans doute je n'en affronterai jamais. Et là, dans cette petite bouteille, se trouvaient réunis tous les pirates, meurtriers, fléaux, épidémies, microbes, ouragans, orages, vagues géantes, lames de fond et autres bombes et armes meurtrières réunies. Aujourd'hui, la fragilité de la vie et l'absurdité de la mort m'ont saisi à la gorge. La douleur qu'inflige à l'âme humaine une peine d'amour est effroyable. Et plus d'une fois, celui qui en est affligé souhaite mourir. Pourtant, à la vue de cette mort foudroyante à portée de ma main, pas un seul instant je n'ai songé à m'en saisir ni à en faire usage.

Ça m'a rassuré. Au fond, qui veut vraiment mourir d'une peine d'amour ?

Quatrième lettre
Une surprise de taille

Chère Ginette,

On a mis presqu'un mois à effectuer notre traversée de l'Atlantique. Un mois bien spécial. Deux nouveaux marins se sont joints à l'équipage du *Eau boute*. Jacques et Robert. Jacques a trente ans. C'est un ingénieur en année sabbatique qui a passé sa vie à étudier. Après l'université, il s'est tout de suite décroché un boulot dans une grosse firme. À la veille de se marier et d'avoir des enfants, il a le goût de se payer un trip.

Robert, lui, est dans la cinquantaine. Il navigue autour du monde en solitaire depuis l'âge de vingt ans. Ce bonhomme n'a jamais rien fait d'autre que de voyager. Tu devrais voir la couleur de sa peau : on dirait qu'elle est cuite tellement elle est bronzée. Beau temps mauvais temps, il porte un paréo noué autour de la taille. Ça lui donne l'allure d'un Crocodile Dundee en jupon !

Jusqu'ici, nous nous entendons tous très bien. Heureusement, car la rigueur du travail et des horaires durant la traversée aurait pu aisément semer la zizanie parmi des gens qui n'auraient pas éprouvé de plaisir à être ensemble.

Durant la traversée, on a aussi appris une grande nouvelle : Janine est enceinte !

— Un bébé d'eau !

Simon est fou de joie. Quant à Michel, il n'a pas l'air très heureux. Remarque que je le comprends. Ça faisait dix ans qu'il rêvait de cette aventure autour du monde. Et là, soudainement, bang ! un coup dans la gueule !

Remarque que Janine, mis à part ses nausées du matin, va très bien. Même qu'elle insiste pour continuer le voyage. Michel, lui, ne semble pas très rassuré. Finalement, après plusieurs pourparlers, ils se sont mis d'accord. Aussitôt qu'on sera à terre, Janine va consulter un médecin. S'il dit que tout va bien, le *Eau boute* va continuer son périple. Sinon, il va accoster quelque part et attendre patiemment le moment de la naissance. En attendant, depuis qu'il a appris qu'on avait un sage-homme à bord, Michel est rassuré. Notre sage-homme, c'est Robert.

— Si ça peut te rassurer, Janine, sache que j'ai fait mon cours de sage-femme! qu'il a lancé comme ça, à un moment donné de la conversation.

On a tous éclaté de rire, ce qui eu pour effet de l'insulter.

— Mais c'est la pure vérité! Durant mon séjour en France, j'ai suivi tous les cours et passé tous les examens avec mention.

Il était sérieux. Décidément, ce gars m'étonnera toujours.

— J'ai près de cent accouchements à mon actif. Et aucun accident de parcours.

Janine se mit à battre des mains. Pas Michel...

▲ ▲ ▲

Trois nuits d'affilée la semaine dernière, c'est moi qui ai tenu la barre! Pendant que tout le monde dormait, je dirigeais le bateau et m'arrangeais pour le maintenir sur son cap. Il semblerait que j'ai réussi puisque nous avons touché les côtes au moment prévu.

L'île de Flores nous est apparue un matin. Il y avait exactement trente jours que nous étions en mer. Comme moi, la première fois que j'ai aperçu les Antilles, Jacques avait les yeux ronds et remplis de larmes.

Dans le port, j'ai été saisi de voir tous ces vieux pêcheurs portugais, occupés à réparer à la main les mailles de leur filets de pêche. Pendant un moment, je me suis senti deux cents ans en arrière : vieux pêcheurs, vieilles maisons, vieux rafiots de bois. On aurait dit que le temps s'était arrêté. J'avais eu la même sensation la première fois où j'ai vu Michel se servir d'un vieux sextant pour calculer notre route.

— Tu navigues en te fiant aux étoiles ?

— Comme Christophe Colomb le faisait, il a cinq cents ans !

J'étais sidéré.

Sur l'île, j'ai fait la connaissance de deux Français installés là-bas depuis des années. Avec eux, j'ai fait une visite bien spéciale puisque l'un d'entre eux est... chercheur de trésors ! Il se prénomme René et est professeur d'histoire dans un collège. À trente-huit ans, il prépare son doctorat en archéologie. Il a commencé très jeune à s'intéresser à l'archéologie, avec son oncle, un chercheur de trésors.

— Un homme passionné qui m'a appris tout ce que je sais.

Cet après-midi, je me suis donc promené avec deux hurluberlus munis de détecteurs de métal et avec lesquels j'ai ratissé quelques mètres carrés de terrain! Le nez braqué vers le sol, c'est tout ce que j'ai vu de l'endroit. Heureusement que leur site était situé loin en dehors de la ville, autrement, je n'aurais rien vu de l'île!

Malgré cela, je n'ai aucun regret d'avoir accepté de les accompagner, car les deux fois où le détecteur de métal s'est mis à grésiller et que, énervés comme des gamins, on s'est jetés à genoux pour creuser le sol, nos efforts ont été récompensés. Selon René, la récolte a été pauvre, mais moi, je suis tout à fait ému d'avoir trouvé cette pièce de monnaie romaine sur laquelle on aperçoit le profil d'un empereur. Augustus, son nom. Simon est tellement impressionné de ma découverte qu'il a demandé à ses parents que l'on baptise le bébé ainsi si jamais c'est un garçon! Janine et Michel ne semblent pas trop enthousiastes...

Victor, Portugal

Cher journal,

La visite chez le médecin n'a pas été très concluante. Selon lui, Janine pouvait voyager mais sans s'éloigner trop des côtes, au cas où...

On a donc repris notre route en mer. Direction Faial, prochaine île sur notre chemin. Puis ça a été Morta, avec les murs de son vieux port couverts de graffitis griffonnés par les navigateurs qui s'y amarrent. Et finalement, l'archipel de Madère, que ses côtes abruptes, le manque de plages et la fraîcheur de l'eau ont mis à l'abri des invasions de touristes en manque de soleil.

Pour arriver jusqu'ici, ce qui aurait normalement dû prendre quelques heures, nous en a fallu près de quarante-huit. Heureusement, le congélateur était plein et la température clémente. Un peu trop par moments, mais qu'à cela ne tienne! On enfilait nos gilets de sauvetage et on se jetait à l'eau pour nager avec les dauphins. Le soir, on se préparait des repas gastronomiques à faire saliver les meilleurs des chefs, mais pas Janine, qui a beaucoup de difficulté à avaler la moindre bouchée à cause de ses nausées.

▲ ▲ ▲

Cher journal,

Marseille. Le *Eau boute* a jeté l'ancre pour au moins deux mois. Les nausées de Janine ne lui permettaient pas de continuer à naviguer. J'ai décidé d'occuper ces semaines de liberté à me promener en Europe. En avion, à pied, à cheval ou en *spoutnik*!

Cinquième lettre
Paris surréaliste

Chère Nadège,

Quelqu'un a dit il n'y a pas de hasard, il n'y a que des rendez-vous. J'aime croire qu'il avait raison. En tout cas, raison ou pas, la vie s'est chargée de m'amener à Paris, moi qui m'étais bien promis de ne jamais y mettre les pieds. Problèmes mécaniques, qu'ils ont annoncé en vol. « Veuillez boucler votre ceinture et redresser le dossier de votre siège. Nous allons tenter de procéder à un atterrissage d'urgence. Ne vous inquiétez pas. Tout ira bien. » Je n'étais pas inquiet, puisque j'étais déjà mort. Cette escale à Paris en était la preuve ! J'avais été méchant garçon, alors on m'envoyait directement en enfer. *Do not pass go, do not collect two hundred dollars.* Toujours est-il que mon escale s'est prolongée d'heure en heure jusqu'à faire plusieurs fois le tour du cadran de ma montre. Et moi, celui de la ville à pied.

La première nuit, je n'ai pas réussi à fermer l'œil ou presque. Seul dans mon lit, j'ai viraillé toute la nuit. Lorsque j'arrivais à m'assoupir, c'était pour rêver de Charline ou rêver d'eux.

Eux, c'est un couple d'amoureux que je ne connaissais et ne connais toujours pas. Au détour d'un nuage, ils me sont apparus en même temps que le soleil tournait le coin de la rue. Des Ortolans, qu'elle s'appelait, cette rue.

Tout le jour j'avais traîné un mal d'être que je ne parvenais que trop bien à identifier. Je ne voulais pas être à Paris. N'importe où, mais pas dans cette ville que Charline affectionne tant !

Il devait être sept heures du matin lorsque je me suis mis à déambuler dans les rues pluvieuses de ce Paris automnal. J'ai descendu la rue Mouffetard, où je loge. C'est au 32, si jamais tu y passes.

Depuis que je suis ici, je trouve la solitude envahissante... Comme au début de ma relation avec Charline, lorsqu'il m'arrivait de me sentir envahi par sa présence. Dans ces moments-là, il m'arrivait parfois de lui demander de me laisser respirer. Patiente et douce, elle se retirait. Mais comment lui demander à elle, ma solitude, de me laisser un peu tranquille ?

En passant devant la boulangerie *Les Pannetons*, j'ai acheté un croissant chaud et un morceau de flan. Y a pas à dire, Paris est la capitale des croissants ! Nulle part ailleurs au monde ils n'ont la même saveur. Les Français les font pur beurre. C'est le secret. Ils en mettent tellement qu'il te dégoutte le long de l'avant-bras lorsque tu les manges... C'est cochon mais c'est tellement bon !

Tout le reste de la journée, j'ai usé mes semelles sur les pavés, là où elles m'entraînaient. Comme je n'avais envie de rien, je ne suis plus entré nulle part. J'ai pourtant croisé beaucoup des endroits que nous nous étions juré de visiter ensemble... Peut-être dans une autre vie...

Paris est une ville en forme de colimaçon, comme la coquille d'un escargot. Une bien étrange configuration pour une ville qui avance à une vitesse folle ! Pour échapper à la fureur de ses boulevards achalandés, j'ai emprunté ses petites rues. Elles portent toutes de jolis noms : rue du

Cherche-Midi, rue de Paradis, Impasse des 2 Nèthes, rue des Portes Blanches et autres... Rien à faire, tout me faisait penser à Charline. Paris est décidément une ville trop romantique pour m'y promener sans elle...

À midi, je me suis retrouvé aux arènes de Lutèce et au Jardin des Plantes. Ne me demande pas comment je m'y suis pris, mais j'étais revenu sur mes pas. Je m'y suis arrêté. Les arènes de Lutèce sont l'une des plus vieilles constructions de Paris. Elles datent de l'époque gallo-romaine, comme dans Astérix, tu sais ? Lutèce était le nom de Paris à l'époque.

Pendant une bonne heure, j'ai regardé deux vieux messieurs jouer à la pétanque. (À lire avec l'accent de Marseille.)

— Tu pointes ou tu tires, Fernand ?

— Tu me les casses, Pierrot ! Je jouerai quand je jouerai !

— Merde à la fin ! J'ai pas que ça à faire, moi, d'attendre que tu joues !

— Ah non ? Dis-moi, qu'est-ce que t'as d'autre à faire, nigaud ? T'as rendez-vous avec Claudia Schiffer, c'est ça ?

Leur partie a duré au moins une heure. Et pendant une heure, ils se sont engueulés comme ça. Ils avaient l'air d'un vieux couple qui se chicanait, mais leurs injures étaient douces comme le miel. Ces deux hommes s'aimaient beaucoup. Ça crevait les yeux! J'ai pensé plus tard qu'ils devaient être frères.

J'ai repris ma route. Le Panthéon. Place des Grands Hommes, comme dans la chanson de Patrick Bruel. En passant devant, j'ai encore pensé à Charline. Rendez-vous dans dix ans, que je me suis dit! Puis j'ai continué mon tour de ville. À mesure que mon humeur s'assombrissait, le ciel faisait de même. Mais peut-être aussi que c'était le contraire? Quartier latin, Saint-Germain-des-Prés, Place des Vosges, le Marais. J'ai marché longtemps. Droit devant. J'ai vu Pigalle – la belle de nuit – de jour! Boîtes de nuit, sex-shops, le Moulin-Rouge et des putains. Je me serais cru à Montréal!

Ici, les filles ne font pas la rue, mais le tapin! J'en ai vu de toutes les couleurs. À côté des putes de Paris, nos prostituées font figure de religieuses! Ça m'a rappelé une blague. Tu sais, celle des deux putes au parc Lafontaine? Y en a une qui porte un chandail sur lequel est écrit le mot *Jesus*... OK, je sais : c'est vulgaire! Mais j'la trouve bonne pareil. Avoue que toi aussi...

Je me suis rendu jusqu'à la tour Eiffel. J'avais les jambes lourdes et les pieds en feu. C'est là que j'ai décidé de rebrousser chemin. Je n'avais plus la force de marcher. J'ai pris le métro. Je suis descendu Place Monge. J'ai emprunté la rue des Ortolans. Et c'est là que je l'ai aperçue. Elle, la première. Une grande brunette. Maigrichonne. Elle portait une petite jupe qui paraissait trop courte pour ses maigres jambes interminables ! Ses bras, longs aussi, semblaient chercher où se mettre. Elle avait la crinière en bataille et les yeux délavés. Pendant un moment, j'ai eu envie de me précipiter vers elle. Puis je l'ai aperçu, lui. Il devait avoir dix-sept ans. Il avait de longs cheveux châtains qu'il portait en queue de cheval. Il était beau. Ils se sont étreints et embrassés avec une fougue mêlée de désespoir. Combien y avait-il de temps qu'ils ne s'étaient pas vus ? On aurait dit des années. Mais je savais qu'il n'y avait que quelques heures qui séparaient ce baiser du précédent.

Lorsqu'ils se sont remis à marcher, j'ai oublié que j'avais mal aux pieds. Je leur ai emboîté le pas et les ai suivis à distance. Je n'ai pas eu à marcher très longtemps. Ils sont entrés dans un café. Je suis entré aussi. J'ai pris place à la table voisine de la leur. Le patron est venu les servir. Ils ont commandé deux allongés. J'ai pris la même chose. L'homme est revenu quelques minutes plus tard, avec un plateau. Il a déposé ma tasse devant moi. Puis les leurs. Lorsqu'il a déposé en plus un sucrier rempli de morceaux de sucre sur la table, j'ai entendu un chien qui accélérait le pas. Moins d'une seconde plus tard, un magnifique boxer les fixait d'un air suppliant. La jeune fille éclata de rire.

— Toujours aussi gourmande, Olympe ?

La chienne posa ses pattes d'en avant sur les cuisses de la jeune fille qui déjà trempait un morceau de sucre dans son café. En France, on appelle ça faire un canard. Lorsque le carré de sucre fut bien imbibé, elle le brandit sous le nez d'Olympe. Avant que la fille ait eu le temps de retirer ses doigts, la chienne s'était emparée du morceau. La jeune fille caressait la tête de l'animal en riant tandis que son chum la détaillait avec des yeux complètement amoureux.

— T'es belle quand tu ris, ma Juliette !

— Et toi t'es beau tout court, qu'elle lui a répondu.

Puis elle a trempé un autre morceau de sucre dans son café. Déjà Olympe salivait.

— Hé, oh, Juliette! Ça suffit! Si tu continues comme ça, cette chienne n'aura plus une seule dent pour mordre les voleurs! cria le patron.

— Tu lui feras faire un dentier avec les miennes!

J'allais éclater de rire mais, lorsque j'ai vu l'air que firent le patron et son chum, ça m'a coupé mon envie tout net.

Le garçon la regarda d'un air suppliant.

— Ne dis plus jamais ça, Juliette! Promets-moi!

Elle allait ajouter quelque chose, mais elle s'est ravisée.

— Plus jamais, Vincent. C'est promis!

Ils terminèrent leur café en silence, mais ce que leurs bouches ne disaient pas, leurs yeux le criaient. J'étais assis à deux mètres d'eux, et je me sentais de trop. Lorsqu'ils voulurent payer leur café, le patron refusa.

— Allez, filez! C'est la maison qui vous l'offre.

Puis il se retourna vers moi.

— Pour vous aussi, monsieur, c'est gratuit aujourd'hui!

Je l'ai remercié et lui ai laissé un généreux pourboire. Puis je suis sorti sur les traces de Juliette et Vincent. Ils marchaient devant moi, enlacés. Je n'arrivais pas à voir si elle était plus grande que lui. Parfois, ils semblaient de la même taille, parfois elle semblait le dépasser. Ils se sont dirigés vers le métro. J'ai décidé de continuer à les suivre. J'ai laissé un inconnu passer devant moi, puis j'ai payé mon passage. Lorsque je suis arrivé sur le quai, les wagons entraient en gare. J'ai repéré mes tourtereaux et je me suis faufilé dans le même compartiment qu'eux. Le trajet me parut interminable. Mon mal de pieds semblait vouloir me reprendre. Heureusement pour moi, une place assise s'est libérée. Je l'ai prise. Une femme, pourtant pas très âgée, m'a jeté un regard noir. J'ai fait semblant de ne pas la voir. D'ailleurs, je ne l'ai presque pas vue. Je n'avais d'yeux que pour ce jeune couple d'amoureux que je ne connaissais pas. Ils étaient debout. Il la tenait serrée contre lui tandis qu'elle s'abandonnait avec une confiance totale. Avec raison. Jamais il n'aurait permis que quelque chose lui arrive... Pas tant, en tout cas, que c'était en son pouvoir.

Nous nous sommes finalement retrouvés au cimetière du Père Lachaise. Je n'ai jamais rien vu de semblable. Ce cimetière est immense. On dirait presque une ville. Les monuments sont entassés les uns sur les autres. J'aurais aimé m'arrêter pour regarder les noms gravés sur les pierres tombales, mais je ne voulais pas perdre mes deux tourtereaux. Un peu partout sur les panneaux de signalisation, et même sur des monuments, des jeunes avaient écrit à la peinture aérosol des indications pour se rendre jusqu'à la tombe de Jim Morisson, le chanteur des Doors. Il paraît que c'est la tombe la plus visitée de tout le cimetière ! À en juger par le nombre de jeunes qu'il y avait là, je n'ai aucune raison d'en douter !

Juliette et Vincent se sont tenus à l'écart. Et par la main. Sur la tombe du chanteur, un gars grattait sa guitare et jouait des airs des Doors. Tout le monde chantait. Tout à coup, quelqu'un m'a tendu un joint. J'en ai pris une petite bouffée puis je l'ai passé à Vincent. Juliette n'en a pas voulu.

— Pas envie, a-t-elle dit.

Une fine pluie s'est mise à tomber, mais personne n'a bougé. On chantait et on dansait. La pluie, on s'en foutait !

Un moment donné, quelqu'un s'est écrié qu'il était huit heures et que l'on venait de fermer les portes du cimetière.

— Ça signifie qu'on est prisonniers pour la nuit. Aussi bien en profiter, ajouta le fêtard.

Juliette, quant à elle, semblait prendre les choses moins à la légère :

— Je ne veux pas passer la nuit ici, Vincent ! suppliait-elle en s'accrochant à lui.

— Mais non. D'ici une heure, un gardien va venir faire sa ronde et nous mettre tous à la porte, comme la dernière fois.

Juliette eut l'air rassuré.

— C'est vrai, j'avais oublié la ronde du gardien.

Puis elle ajouta :

— Tu vois, je ne suis pas prête à passer une nuit ici.

Vincent tenta de sourire en la serrant dans ses bras. Dès qu'elle eut le visage enfoui au creux de son épaule, ses yeux à lui s'emplirent de larmes. Il tentait, tant bien que mal, de lutter contre elles. Finalement, c'est lui qui a eu le dessus.

Une heure plus tard, le gardien nous raccompagnait jusqu'à la porte en nous sermonnant :

— Chaque jour c'est la même chose. Mais qu'a-t-elle donc de si extraordinaire, cette tombe, à la fin ?

Vincent et Juliette reprirent la direction du métro. Je leur ai emboîté le pas. Le trajet me parut plus court au retour. Je savais que nous approchions de notre destination et que ma petite filature allait prendre fin. À moins d'un hasard improbable, je ne reverrais plus jamais ni Juliette ni Vincent.

Comme je l'avais prévu, ils se séparèrent rue des Ortolans, à l'endroit où ils s'étaient rencontrés quelques heures plus tôt. Leurs adieux me parurent déchirants. J'ai repris le chemin de ma chambre. Comme je l'avais également prévu, je n'ai pas pu fermer l'œil cette nuit-là non plus. Une semaine plus tard, je pensais toujours à eux.

Mû par une impulsion soudaine, cet après-midi, je suis retourné au café où Juliette avait fait des canards à Olympe. Lorsque je suis entré, l'endroit était presque désert. En me voyant, le patron me fit un signe de tête.

— Un allongé ? me demanda-t-il.

Je lui fis signe que oui.

— Avec des morceaux de sucre, s'il vous plaît.

Son visage s'illumina.

— Je savais que je vous avais déjà vu ici. C'était bien vous, la semaine dernière, assis à la table voisine de Juliette et Vincent ? Vous savez, ce jeune couple qui donnait des canards à ma Olympe.

Je lui fis signe que oui.

— Vous vous souvenez d'eux ?

— Vaguement, mentis-je.

Je n'étais quand même pas pour confier à ce bonhomme que ce jeune couple m'avait obsédé toute la semaine. J'allais passer pour un pervers !

Il ajouta, la voix tremblante :

— Juliette est décédée. Mardi soir. En dormant.

Je manquai m'étouffer avec mon café.

— Qu'est-ce que vous dites ?

— Je dis : « Putain de sida ! » Je dis : « Merde à la vie qui fait ça à des gens comme Vincent et Juliette. Et à tous ceux qui s'aiment. »

Sa voix craqua.

— Quand je vois tous ces vieux qui souffrent et ne demandent qu'à mourir et qu'à la place cette cochonnerie de maladie fauche une fille comme Juliette ! Elle ne demandait qu'à vivre, cette gamine.

Il pleurait maintenant à chaudes larmes.

— Pourquoi elle ? Pourquoi pas un de ces jeunes désœuvrés qui traînent leur peau comme un mal de vivre ? Un de ces jeunes en peine d'amour qui souhaitent mourir ?

En l'entendant dire cela, j'ai ressenti comme une décharge électrique me traverser le corps. Combien de fois, en effet, au cours de ces derniers mois, n'avais-je pas souhaité mourir sous prétexte que Charline ne m'aimait plus ? J'étais tout étourdi. Les mots de l'aubergiste résonnaient en écho dans ma tête, dans tous les sens : Juliette, sida, mort, peine d'amour...

Je suis sorti du café à reculons. Le patron ne l'a même pas remarqué. Sur le trottoir, je l'entendais continuer son monologue qui ne s'adressait plus à personne. De mon côté, j'eus soudainement honte. Après des mois d'apitoiement, je venais de me réveiller d'un long cauchemar !

Victor, Paris

Sixième lettre
Mon fantôme d'amour

Chère Manon,

Me voici dans la si célèbre Angleterre, réputée pour beaucoup de choses dont sa fameuse tour de Londres, qui depuis plus de cinq cents ans baigne dans un passé d'intrigues et de sang, son abbaye de Westminster, où, depuis 1606, tous les souverains ont été couronnés, et enterrés un nombre impressionnant de rois, de reines, de poètes, d'hommes politiques et d'artistes. Il y en a tellement qu'on est obligé d'enterrer les nouveaux cercueils dans la position verticale. Londres a aussi sa reine et son palais de Buckingham, dont le duc de Wellington a dit : « Aucun souverain en Europe n'est aussi mal logé... », la Tamise, ses musées dont celui de cire de la mère Tussaud où tu peux percevoir des clones de cire des plus grandes célébrités – ci-joint, une photo de moi et Diana en robe de mariée, et de Timothy Dalton, ton James Bond préféré. Londres a aussi son Big Ben, qui, contrairement à la croyance populaire, n'est pas le nom de la tour dans laquelle se trouve l'horloge, mais celui de la cloche qui sonne les heures, un bourdon de quatorze tonnes installé en 1858 et qui joue, avant de sonner, une mélodie de seize notes extraite du *Messie* de Handel. Londres possède aussi Sherlock Holmes, ses fantômes...

L'histoire que tu vas lire est vraie. Si j'ai choisi de te la raconter, c'est que j'ai beaucoup pensé à toi ces derniers temps. Il m'est arrivé des choses dont je ne sais que penser. Te souviens-tu du soir où on a loué le film *Poltergeist* ? Tout le long de la diffusion, tu t'étais blottie contre moi, tremblante de peur. Te souviens-tu à quel point tu avais été choquée que je me moque de ta frayeur ? Tu n'en revenais pas de voir que je ne croyais pas vraiment à ce genre de manifestations de l'autre monde, comme tu les appelais...

Aujourd'hui, je réalise que mon scepticisme frisait l'arrogance et je ne suis plus convaincu d'avoir aussi raison en ce qui concerne les phénomènes paranormaux.

Jusqu'à tout récemment, je n'ai pas cru aux fantômes... jusqu'à ce que j'habite avec l'un d'eux !

Je t'écris cette lettre, il est deux heures du matin, de chez Hanako. Je me suis réfugié ici, ne sachant pas où aller. Une pluie fine et glaciale m'a trempé jusqu'aux os durant le trajet, mais ce n'est pas pour cela que je tremble. *Courir comme si on avait le diable à ses trousses*, tu connais l'expression ? On court de la même façon lorsqu'on veut fuir un fantôme... crois-moi ! Je suis parti à la belle épouvante, laissant toutes mes affaires derrière moi. Je n'ai pris que le temps de sauter dans mes vêtements et mes godasses, des Docs neufs que j'ai achetés en arrivant ici. Je demanderai au concierge de les réunir pour moi et de me les faire parvenir. Moi, il n'est pas question que je remette les pieds dans cet appartement !

En me relisant, je me rends compte que je suis incohérent. Je vais donc te raconter mon histoire depuis le début.

▲ ▲ ▲

En arrivant dans cette ville, j'ai su tout de suite que j'avais envie d'y passer un bon bout de temps. Dans le métro qui me conduisait au centre-ville, j'ai fait la connaissance de Hanako, une Japonaise qui étudie en Angleterre. En voyant mes vieilles chaussures attachées à mon sac à dos, elle m'a adressé la parole.

—Londres est la capitale de la chaussure, tu sais. Si tu veux changer tes souliers, je peux te suggérer des adresses. Certains endroits consentent même une ristourne en échange des vieilles godasses. Mais dans le cas des tiennes, je ne crois pas que tu puisses en tirer grand-chose.

—Je navigue en mer depuis des mois, j'ai aussi escaladé pendant des heures des sentiers abrupts et escarpés pour atteindre les sommets d'une montagne inconnue. Pas étonnant ! J'attendais d'arriver ici pour m'acheter des Doc Martens. J'imagine que ça ne sera pas trop difficile d'en trouver ?

—À Londres, on trouve des Docs à chaque coin de rue. Mais comme la plupart des gens, tu fais erreur en croyant que les Docs sont des chaussures britanniques.

—D'où viennent-elles alors ?

—D'Allemagne. Elles ont été inventées par un docteur , à Munich, il y a plus de cinquante ans. Klaus Maerten les a dessinées pour lui-même, après un accident de ski. Avec leurs semelles à coussin d'air, elles étaient très confortables et bientôt, toute une clientèle de vieilles dames allemandes qui avaient mal aux pieds en porta. Leur réputation traversa la Manche, et ici, en Angleterre, ce sont les jeunes qui s'en sont entichés. À cette époque, le nom de Maerten perdit son *e* pour devenir Marten. Aujourd'hui, le modèle de base se décline dans toutes les couleurs et les matériaux et nombreuses sont les stars qui en portent. Même le pape Jean-Paul II a ses Docs.

J'étais abasourdi.

— Wow, t'as l'air de t'y connaître en mode, toi!

— Je suis étudiante en histoire de l'art. Les vêtements et les textiles sont ma passion. Et toi?

— Mon nom est Victor. Je suis un Québécois qui relève d'une peine d'amour et qui a décidé de faire le tour du monde pour voir si l'herbe est plus verte dans le jardin du voisin.

— Et?

— Disons que pour le moment ça m'a l'air vrai.

— Tu sais quoi? Moi, chaque fois que je suis en peine d'amour, ce n'est pas de pays que je change, c'est de look!

J'éclatai de rire.

—Es-tu en train d'essayer de me dire que tu n'aimes pas mon style ?

Hanako eut soudainement l'air mal à l'aise.

—Oh, non, ce n'est pas ce que je voulais dire !

—Tant mieux, parce que je n'aime pas beaucoup le magasinage...

—Je parie que si tu faisais du shopping avec moi, tu trouverais ça palpitant. Styliste et guide en prime, ça te dit ?

—Pourquoi pas ?

Après tout, elle avait raison. Il était peut-être temps que j'effectue quelques changements. Puisque je changeais à l'intérieur, il pouvait être bon d'afficher extérieurement mon nouveau moi !

Hanako me tendit la main comme pour sceller notre entente.

—D'abord, il faut que je trouve un endroit où m'installer.

—Ma coloc est partie pour quelques jours. Si tu veux, tu peux habiter chez moi, jusqu'à ce qu'elle revienne. Ça te donnera le temps de trouver quelque chose.

Je me suis donc installé chez Hanako. Ça peut avoir l'air bizarre comme ça, mais en voyage, on dirait que tu es prêt à faire des choses que tu ne ferais pas autrement. Comme accepter l'invitation d'une étrangère à loger chez elle...

Le premier après-midi, j'ai magasiné avec Hanako. Cette fille est géniale! Et jolie en prime...

C'est fou le nombre de choses et d'anecdotes qu'elle connaît sur Londres.

Pour notre séance de magasinage, Hanako m'a amené dans Chelsea, l'un des quartiers les plus en vue de Londres. C'est là qu'ont habité des tas de gens aussi différents que des politiciens, des écrivains et des rock stars, dont les Sex Pistols.

— Aujourd'hui, les choses ont bien changé, mais il fut un temps où la visite de la rue King's Road était un must. Les punks au chômage et les Sloane Rangers, (l'équivalent de nos BCBG – bon chic, bon genre) se côtoyaient aux abords des vitrines luxueuses. C'est ici que la designer Vivienne Westwood a ouvert plusieurs boutiques qui puisaient leur inspiration dans le courant underground de l'époque. Des boutiques qui ont porté des noms comme *Let it rock*, *Too Young to Live Too Fast to Die* et *Seditionaries* qui a connu la gloire sous le nom de *Sex*. C'est dans ce magasin de vêtements que sont nés les Sex Pistols et la mode des tenues déchirées et des épingles à nourrice!

Hanako avait raison. Magasiner avec elle était un pur plaisir. Non seulement elle connaissait beaucoup de choses, mais en plus elle avait du goût. Je me suis acheté de nouvelles fringues qui vont faire fureur à Montréal !

En sortant de la dernière boutique, Hanako a proposé de nous arrêter prendre une bière dans un pub. J'ai accepté avec plaisir. On a continué à discuter et partagé un sandwich. Puis Steve est arrivé. Steve est un copain de Hanako. Il travaille au pub en question. Hanako nous a présentés.

— Victor se cherche un appart pas trop cher. T'aurais pas une suggestion ?

Comme barman, Steve était au courant de beaucoup de choses.

▲ ▲ ▲

Grâce à lui, je me suis déniché un superappart près de Leicester Square, le quartier des théâtres de Londres. Les Londoniens vont au théâtre comme nous, nous allons au cinéma. Dès onze heures le matin, il est possible de se procurer des billets pour une matinée qui coûte la moitié du prix d'une représentation en soirée.

C'est ainsi que depuis que je suis ici, j'ai passé plusieurs après-midi assis dans une salle à regarder des pièces. La dernière en liste était *Mouse Trap*, une pièce d'Agatha Christie qui tient l'affiche depuis plus de trente ans !

En sortant de là, je me suis rendu sur Charring Cross, une rue qui abrite les célèbres librairies de Londres. J'ai aussi bouquiné durant presqu'une heure dans une librairie appelée Maggs Brothers, un paradis pour bibliophiles qui se trouve dans une demeure du dix-huitième siècle, hantée, paraît-il. Si les fantômes ne m'impressionnent pas, le choix de livres, lui, y a réussi. Des récits de voyages du dix-neuvième, des manuscrits ornés d'enluminures, des cartes anciennes, une collection d'autographes de gens célèbres et une quantité énorme de bouquins anciens traitant de magie noire ou blanche et de fantômes. Je n'ai pas pu résister et je suis sorti de là avec quelques aventures de Sherlock Holmes et un très vieux livre sur les fantômes, écrit au siècle dernier. Plaisirs et frissons en perspective, je me suis dit. Si j'avais su...

Rentré à mon appartement, j'ai posé mes livres sur la table de chevet de ma chambre et j'ai passé un coup de fil à Steve.

À neuf heures, nous étions attablés dans un pub, à jaser de notre journée.

— Figure-toi que j'ai acheté un livre qui date du siècle dernier et qui fait le recensement des principaux lieux hantés de Londres.

Steve eut l'air embarrassé.

— Écoute, Victor, j'aurais peut-être dû t'en parler avant, mais je ne savais pas comment te dire ça. Je ne voulais pas que tu me prennes pour un fou...

— De quoi parles-tu ?

— Personnellement, je ne croyais pas à ces choses, mais peut-être ont-elles du vrai après tout ?

— Viens-en au fait, veux-tu ?

— J'ai parlé au concierge de mon immeuble, et il m'a dit que le building où tu as loué ta piaule a la réputation d'être hanté !

J'ai éclaté de rire.

— À ce que je vois, la nouvelle n'a pas l'air de te déranger.

— Pas trop, en effet. Tu crois à ces balivernes ?

— Je n'y croyais pas jusqu'à ce que j'habite l'Angleterre. On dirait que la superstition des gens est contagieuse dans mon cas.

— Voyons donc. J'ai visité la place à onze heures le matin. À l'extérieur de l'immeuble, des travailleurs refaisaient la brique. En levant les yeux vers eux, j'ai aperçu le rideau d'une fenêtre du troisième s'entrouvrir. Debout derrière, se trouvait une jeune femme blonde, un bébé dans les bras... Elle m'a souri en même temps qu'elle m'adressait un petit salut avec sa tête. Penses-tu vraiment qu'une jeune femme avec un aussi petit bébé choisirait d'habiter un immeuble où des fantômes se promènent ?

Steve n'eut pas l'air tout à fait convaincu.

—Ouais. T'as peut-être raison...

▲ ▲ ▲

La nuit était douce et calme. Je décidai de rentrer à pied au lieu de prendre le métro. Grand bien m'en fit puisque je rencontrai ma jolie voisine par hasard. C'est elle qui m'a reconnu.

—Vous êtes mon nouveau voisin, n'est-ce pas ?

De près, elle était encore plus jolie que dans mon souvenir.

—C'est bien moi ! Je suis Victor.

—Moi, c'est Karen, répondit-elle doucement.

—Je rentre à la maison. Ça vous dérangerait beaucoup que je marche avec vous ? On ne sait jamais, le soir...

—Pas du tout ! Au contraire...

Elle sourit.

On n'a pas beaucoup parlé durant le trajet et les quelques mots que nous avons échangés me concernaient.

À un certain moment, je la vis frissonner. Gentilhomme, j'ai enlevé ma veste et la lui ai tendue. Elle m'a remercié et l'a jetée sur ses épaules.

—Elle est très belle, cette veste.

—Merci. Je viens tout juste de l'acheter dans Chelsea.

—Chelsea. Ah, oui ! J'aimais beaucoup y magasiner.

Elle regarda ses vêtements avec un air désolé.

—Ça ne serait vraiment pas un luxe que je m'achète des fringues nouvelles.

—Si tu es comme moi, tu n'aimes sans doute pas magasiner.

—Au contraire, j'aime beaucoup ça, mais je n'ai pas le temps !

—Que fais-tu comme travail ?

—Oh, ce n'est pas le boulot, c'est le bébé qui occupe mon temps. Élever un enfant seule ne te laisse pas beaucoup de temps libre pour courir les magasins.

Ainsi, elle était célibataire ? Les choses s'annonçaient bien.

— Tu habites seule avec ton enfant ?

— Je vis avec ma mère. Ça facilite les choses.

— As-tu entendu dire que notre immeuble est hanté ?

— Jamais, pourquoi ?

— C'est ce que les gens disent.

— Les gens disent de bien drôles de choses à propos des fantômes. Moi, en tout cas, ils ne me font pas peur.

— Tu n'y crois pas ?

— Je n'ai pas dit cela. J'ai dit qu'ils ne me font pas peur...

Nous venions d'arriver devant notre immeuble. Elle voulut me rendre ma veste.

— Garde-la, tu me la rendras un autre jour. Ce sera pour moi un prétexte pour te revoir.

Elle rougit, me remercia et me dit bonsoir. J'attendis qu'elle soit rentrée chez elle pour entrer chez moi à mon tour.

En arrivant dans l'appartement, j'avais un peu faim, je me suis préparé un sandwich et je me suis assis devant la télé. Au programme, un documentaire sur Élisabeth Ière suivi d'un vieux film en noir et blanc. Il devait être deux heures du matin lorsque j'ai fermé le téléviseur. J'ai ramassé

mon assiette et les verres sales qui traî-
naient. De ma cuisine, j'entendais ma
voisine qui chantonnait une berceuse à
son bébé qui pleurait. J'ai écouté pendant
un moment, puis j'ai éteint ma lumière.
J'ai pris une douche en vitesse et je me suis
couché. Comme je n'avais pas sommeil,
j'ai eu envie de lire un peu. J'ai tendu le
bras et saisi mon livre de Sherlock Holmes.
J'avais suffisamment entendu parler de
fantômes pour une seule journée ! Une
vingtaine de minutes plus tard, j'ai refermé
mon livre et l'ai reposé sur la table de
chevet et j'ai éteint. Allongé dans l'obs-
curité compacte de la maison, j'écoutais le
silence. Mis à part quelques craquements
normaux et un peu de vent qui soufflait
dehors, aucun esprit frappeur ni le
moindre fantôme n'avait l'air d'avoir
envie de se manifester.

Cette nuit-là, j'ai rêvé de ma jolie voisine blonde. Dans mon rêve, je la voyais
clairement pénétrer dans ma chambre.
Elle s'est assise au pied de mon lit, puis a
saisi le livre sur les fantômes qui se
trouvait sous celui de Sherlock Holmes et
a commencé à le lire. De temps en temps,
elle levait les yeux et me jetait un coup
d'œil. Une ou deux fois, elle s'est levée

pour replacer sur moi les couvertures que je m'obstinais à repousser. Aux petites heures, elle a déposé le livre sur l'autre et s'est levée. Elle a replacé une dernière fois mes couvertures et a quitté la pièce.

Il faisait soleil lorsque je me suis éveillé de ce drôle de rêve. À part ma jolie voisine, aucun cognement ni apparition fantomatique n'avait troublé mon sommeil.

En me préparant un café, je l'ai entendue qui s'affairait dans sa cuisine. Je me suis surpris à soupirer.

▲ ▲ ▲

Steve et Hanako sont venus passer la soirée chez moi. J'avais aussi invité Karen. Ensemble, on a passé une très agréable soirée. À vingt et une heures, Karen nous a quittés.

— Il faut que j'aille m'occuper du bébé. Ma mère n'est pas très bien ces temps-ci et je préfère ne pas laisser la petite toute seule avec elle trop longtemps.

— Elle est malade?

— Je crois qu'elle commence à souffrir de la maladie d'Alzheimer, ou quelque chose comme ça.

Avant de quitter l'appartement, Karen s'est tournée vers moi.

—J'ai oublié de te rapporter ta veste. Passe la prendre demain.

—Je n'y manquerai pas !

—Comment la trouvez-vous, ai-je demandé lorsque je suis revenu dans le salon.

—Pas mal mignonne ! répondit Steve précipitamment.

Hanako ne dit rien.

—Et toi ?

—Cette fille me fout la trouille. Elle a quelque chose de dérangeant !

—Hanako est jalouse ! la taquina Steve.

—Ça n'a rien à voir ! Cette fille a quelque chose de malsain. Elle sent la mort, répondit Hanako, piquée au vif.

Sa vive réaction me donna à penser que Steve avait peut-être raison. Une demi-heure plus tard, celui-ci se leva :

—Tu m'excuseras, j'ai un rancart dans moins d'une heure avec une nana !

Puis, se tournant vers Hanako, il lui offrit de la raccompagner. Elle accepta.

—Je m'excuse, Victor, mais je crois que je vais rentrer. Depuis que Karen est partie, il règne ici un froid sibérien.

C'était vrai qu'il faisait froid. Je montai le chauffage.

—On se téléphone demain?

—Sans faute!

On se fit la bise et Hanako et Steve quittèrent à leur tour.

—Bonne nuit au royaume des morts-vivants, ironisa Steve.

—Ah! ah! ah! Très spirituel, répondit Hanako.

Quand ils ont été partis, j'ai rangé la vaisselle et me suis assis pour lire. Mais je n'arrivais pas à me concentrer. Je ne faisais que songer à Karen.

Mû par une impulsion soudaine, je me suis levé et me suis dirigé vers chez elle. Derrière sa porte, tout semblait silencieux. J'ai cogné tout doucement. Quelques instants plus tard, une dame assez âgée est venue m'ouvrir.

—Excusez-moi de vous déranger. J'aimerais parler à Karen, s'il vous plaît.

La vieille dame eut l'air ahuri.

—Vous avez dit Karen?

Je lui fis signe que oui.

—Karen n'est pas ici, me répondit-elle avec un drôle d'air.

—Écoutez, madame, je suis votre nouveau voisin. Karen a mangé chez moi ce soir. Elle est rentrée il y a une heure pour s'occuper de son bébé.

La dame continuait de me regarder avec des yeux étranges.

— Comme elle a oublié de me rapporter la veste que je lui ai prêtée l'autre soir, je suis venue la chercher.

— Monsieur, j'ignore qui vous êtes, mais je peux vous garantir une chose : Karen n'a pas pu vous emprunter votre veste, ni quoi que ce soit d'autre, pas plus qu'elle n'a pu manger avec vous ce soir !

La vieille dame hurlait presque. Je tentai de la calmer. Elle me fit soudainement signe d'entrer.

— Mais laissez la porte ouverte derrière vous. Après vous avoir dit ce que j'ai à vous dire, vous allez apprécier mon conseil.

La vieille se dirigea vers sa chambre. Elle revint avec une photographie de Karen, dans un superbe cadre doré.

— C'est bien de cette jeune fille que vous me parlez, n'est-ce pas ?

— C'est bien d'elle, en effet. Mais pourquoi me montrez-vous sa photo ?

— Karen est ma fille unique. Elle est morte voilà deux ans. Tuée par un conjoint jaloux persuadé qu'elle le trompait avec l'homme qui habitait votre appartement à l'époque.

J'avais la tête qui bourdonnait. Mais que me racontait cette vieille folle ?

— Il les a tuées, elle et leur fille Samantha âgée de quatre mois. Depuis, chaque fois que l'appartement voisin se loue, quelque jours plus tard, ce nouveau voisin vient frapper à ma porte et me demande si Karen est à la maison, mais vous êtes le premier à qui elle ait emprunté quelque chose...

Je hurlai que c'était impossible.

— Si vous ne me croyez pas, allez voir vous-même au cimetière !

Calmement, elle me donna l'adresse et le nom du cimetière. Je sortis de chez elle en furie.

Dans l'escalier qui menait dehors, j'ai croisé mon nouveau concierge.

— Parlez-moi donc de cette histoire de revenants.

— Je travaille ici depuis un mois à peine, monsieur. Mon prédécesseur m'a laissé sous-entendre qu'il s'était passé des choses bizarres. Des choses qui auraient rapport à un meurtre dans votre appartement... ou quelque chose du genre. Mais je n'en sais pas plus.

Je poussai un cri et me remis à courir de plus belle. Je suis arrivé à la station de métro essoufflé et les yeux hagards. Les gens ont dû me prendre pour un fou. Moi-même, je me demandais s'ils n'avaient pas raison...

J'ai attendu le métro durant une bonne demi-heure. Petit à petit, ma panique s'est estompée mais une drôle de sensation continuait de m'habiter. Finalement, le train est entré en gare et je suis monté dedans. J'ai choisi un banc au fond du wagon. Je me suis assis à côté de la fenêtre et j'ai appuyé mon front dessus. La fraîcheur de la vitre m'a fait du bien. J'ai fermé les yeux et me suis raisonné.

Lorsque je suis arrivé chez Hanako, j'étais plus calme mais pas suffisamment, à en croire l'air inquiet qu'elle m'a lancé lorsqu'elle a ouvert la porte.

— Victor ? Que t'est-il arrivé ? On dirait que tu as vu un fantôme.

— Il n'y a pas que moi qui en ai vu un !

Je racontai mon histoire à Hanako, qui m'écouta attentivement. Lorsque j'eus terminé, elle hocha la tête en silence.

— Ça n'a pas l'air de t'énerver.

— Écoute, Victor, je ne sais pas quoi penser. Ou bien cette vieille dame est complètement folle et a voulu te foutre la trouille...

— En tout cas, elle a réussi son coup !

— Soit son histoire est vraie. Selon moi, il n'y a qu'une façon d'en avoir le cœur net.

— Laquelle ?

— Enfile des vêtements chauds, on s'en va faire une balade au cimetière !

— À cette heure ? Ça va être fermé, non ?

— Pas forcément. Et si ça l'est, on sautera par-dessus la clôture.

Il était près de minuit lorsque nous sommes arrivés au cimetière où était supposément enterrée Karen. Comme prévu, la grille était verrouillée. Sans hésitation, Karen se dirigea vers la loge du gardien.

— Qu'est-ce que vous venez faire ici à cette heure ? aboya le monsieur qu'elle venait de réveiller.

Posément, Hanako lui raconta mon histoire. Je m'attendais à le voir éclater de rire, mais il n'en fut rien.

— Quel nom avez-vous dit ?

— Karen Smith. Pourquoi ?

Le gardien ne dit rien mais nous fit signe d'attendre un moment. Il revint quelques minutes plus tard tout habillé.

— Je crois savoir de quelle tombe il s'agit. Suivez-moi !

Jamais de ma vie je n'ai eu si peur. À mesure que nous avancions à l'intérieur du cimetière, j'avais l'impression que des ombres furtives venaient me frôler. De plus, j'espérais de toutes mes forces que le gardien fasse erreur et qu'il n'y ait pas de Karen Smith enterrée ici.

Soudain, le gardien s'arrêta.

— Tenez, c'est ici !

Il alluma sa lampe de poche et éclaira la pierre tombale. Je poussai un cri en apercevant les noms de Karen et de sa petite fille gravés dans la pierre. À côté de leur nom, étaient gravées les dates de leur décès. Elles correspondaient à ce que m'avait dit la mère de Karen. Elle ne m'avait donc pas menti ! J'étais complètement anéanti.

Nous allions repartir lorsqu'une tache sombre, au milieu de la pelouse, attira l'attention de Hanako, qui s'avança sur la tombe et se pencha pour voir de quoi il s'agissait. Elle poussa un cri d'effroi lorsque sa main entra en contact avec la chose en question.

Je figeai net. Lentement, elle se retourna et revint vers nous. À la main, elle tenait ma veste noire...

Cher journal,

Il y a trois semaines que je n'ai pas pris la plume pour écrire la moindre ligne. Pendant quelques jours, je suis resté terré chez Hanako. Peu à peu, ma peur s'est dissipée et a fait place à une salutaire résignation. Ainsi, les fantômes existeraient? Tant mieux! Ça signifierait que l'âme humaine est immortelle. Quelque part, je te dirais que ça me soulage...

Le climat chagrin et froid de l'Angleterre s'est avéré trop dur pour le marin habitué au soleil du Sud que je suis devenu. J'ai soudainement eu envie d'un peu de chaleur. Comme j'avais quelques semaines devant moi avant de rejoindre le *Eau boute* à Athènes, je suis donc descendu du Royaume-Uni jusque dans le sud de la France, au port de Marseille. J'ai passé là-bas tout un après-midi à me chercher un bateau qui me conduirait jusqu'en Italie. Je n'ai jamais su d'où elle était venue ni à quel moment exactement elle avait commencé à me suivre, mais toujours est-il qu'au moment de m'embarquer sur le catamaran qui devait me conduire à destination, j'ai réalisé que j'étais suivi par cette magnifique épagneule blonde à l'air triste et au poil affreusement mêlé. De toute évidence cet animal était perdu et me suivait. Ses airs de vagabonde et sa bouille sympathique ont eu raison de moi.

— Ça t'embêterait qu'on ait un passager de plus? j'ai demandé à Frank, le mec avec lequel j'allais naviguer durant les prochaines heures.

Il a souri.

— Montez!

À peine avait-il terminé sa phrase que déjà la chienne grimpait à bord pour y prendre ses aises.

— Ça fait des semaines qu'elle traîne dans le port. Plusieurs navigateurs ont tenté de l'amener avec eux, mais elle a toujours refusé de les suivre. Tu dois avoir la cote avec les chiens.

— C'est mon odeur, sans doute.

On a éclaté de rire ensemble. Les quelques heures qu'a duré notre traversée furent si agréables que Frank m'a offert de naviguer avec lui si le cœur m'en disait.

— J'sais pas encore. J'ai rendez-vous à Athènes pour rejoindre mes amis du *Eau boute*.

— Tu connais Michel et Janine?

— J'ai quitté le Québec avec eux. Mais toi, comment se fait-il que tu les connaisses?

— Le monde des aventuriers de la voile est petit. Tout le monde connaît tout le monde ou presque.

— À propos, je n'ai pas eu de leurs nouvelles depuis quelque temps. Comment vont-ils ?

— Très bien, mais la grossesse de la femme de Michel est plus difficile que prévu. Il est possible qu'à l'heure actuelle ils soient déjà en route vers le Québec.

J'étais navré d'apprendre une telle nouvelle. Je savais à quel point ils devaient être déçus. Comme s'il avait deviné ce que je pensais, Frank ajouta :

— Ce n'est que partie remise. Aussitôt que le bébé aura quelques mois et que Janine aura repris des forces, rien ne les empêche de repartir.

— Mmouais... mais j'pense que c'est plus difficile de repartir que de partir une première fois, non ?

Frank réfléchit.

— T'as probablement raison. À propos, qu'est-ce que tu comptes faire ?

— Vérifier si le *Eau boute* m'attendra à Athènes.

— Quand dois-tu être là-bas ?

— Dans une quinzaine de jours. En attendant, je comptais m'arrêter une petite semaine en Italie.

—Dans quinze jours, je dois être à Athènes. Je t'attendrai sur le port, à seize heures, dans deux semaines exactement. Ça te va?

▲ ▲ ▲

Ces quelques jours de rêve et de *farniente* à Palerme ont eu raison de ma bourse. En moins d'une semaine, je n'avais plus un rond. Il fallait que je me renfloue.

C'est en apercevant un itinérant assis à la porte d'un commerce luxueux et qui quémandait qu'une idée m'est venue.

—Ça n'a pas l'air d'aller fort, les affaires. Les temps sont durs?

—Autrefois, tout allait bien. Mais aujourd'hui la concurrence est déloyale. Tous ces jeunes punks qui offrent un service de lavage de pare-brise ou pire encore, qui font quêter leurs petites copines légèrement vêtues...

—J'ai une proposition à te faire.

—Laquelle?

—Je te prête mon chien. On l'installe sur une couverture avec un chapeau et une petite pancarte qui dit: «SVP un peu d'argent pour nourrir mon chien» et on partage moitié-moitié.

—Wow! Terrible comme idée, mec! D'ac!

Quelques heures plus tard, nous avions empoché soixante dollars chacun. Au bout de quatre jours, j'avais cinq cents beaux dollars qui dormaient au fond de mes poches. L'heure de partir pour la Grèce avait sonné.

Un seul problème me tracassait : qu'allais-je faire de Lady? (C'est ainsi que nous avions surnommé notre compagne à poil.)

La question ne se posa pas longtemps. Lady et mon nouveau partenaire d'affaires avaient sympathisé. Lorsque je lui proposai de garder Lady, j'ai cru que Dan allait fondre en larmes.

—Non seulement tu m'offres un moyen de faire de l'argent, mais en plus tu me fais cadeau d'une amie!

Un peu réchauffé par l'alcool qu'il avait ingurgité, Dan avait les yeux mouillés. Comme si elle comprenait parfaitement ce qui se passait, Lady est venue vers lui et a léché sa joue où une larme roulait. J'ai compris que je pouvais partir en paix.

▲ ▲ ▲

Je suis arrivé à Athènes de nuit. Je me suis rendu directement au port. On n'y voyait pas grand-chose, mais le *Eau boute* ne semblait pas être au rendez-vous.

À la poste restante, une lettre m'attendait.

«Cher Victor,

Nous sommes désolés mais nous devons absolument reprendre la route vers la maison. La grossesse de Janine est pénible et il semblerait que, sans un repos complet, la vie de notre enfant puisse être compromise. Nous partons d'urgence. Janine, quant à elle, est déjà rentrée en avion avec Simon. Je la rejoins à voile. Désolé de t'abandonner ainsi. J'espère que tu comprends. Tous mes vœux de bonheur t'accompagnent. Tu le mérites bien. Donne de tes nouvelles de temps à autre; ça nous fera voyager au moins en pensée!

Tes amis pour la vie,

Michel, Janine et Simon.»

Les dés étaient jetés. Il ne me restait plus qu'à prendre une décision pour moi-même. Reprendre la mer avec Frank, continuer à pied ou rentrer sagement chez moi? Je décidai de dormir là-dessus et de ne pas prendre de décision hâtive. Et puis, il n'était pas certain que Frank allait être au rendez-vous. En deux semaines, bien des choses avaient pu se produire...

À seize heures le lendemain, j'étais sur le port.

— Victor !

C'était la voix de Frank. Je le cherchai des yeux dans la foule. Soudain je l'aperçus sur l'eau.

— Alors, tu montes ou quoi ?

Je ne fis ni une ni deux. Quelques secondes plus tard, j'étais sur le bateau. Je n'avais pas la moindre idée de l'endroit où j'allais, ni combien de temps cette nouvelle aventure allait durer, mais je sentais intimement que j'avais rendez-vous avec mon destin et qu'il fallait que j'y aille. C'est ce que j'ai fait...

▲ ▲ ▲

Une nuit, la foudre s'est abattue sur le *Vol-au-vent*, ma nouvelle embarcation. Depuis des jours, nous naviguions entourés de formations nuageuses géantes. Le vent soufflait très fort, ce qui nous a au moins permis de franchir une énorme distance en moins de vingt-quatre heures...

Au matin, Frank et moi avons fait le tour du bateau. Par chance, il n'y avait aucun dégât. Il vente toujours beaucoup. Si le vent tient bon, nous serons à Bornéo dans moins d'une journée.

Septième lettre
L'île du grand vertige

Chère Émilie,

Tu te souviens de notre virée dans le *Chinatown*, un soir, quelques semaines avant la naissance de Macha? On était sortis tous les deux en tête-à-tête pour fêter une de tes dernières soirées de fille libre... À la sortie du cinéma, tu mourais de faim, comme d'habitude! Vu qu'on était à côté du quartier chinois, je t'ai proposé d'y manger. Tu m'avais répondu : «Pourquoi pas? Ça va nous changer du maudit pâté chinois de ma mère!» Puis réalisant ton jeu de mots, tu t'étais mise à rire. Sous la pluie fine qui tombait ce soir-là, ton beau visage s'est illuminé. Toute ma vie je vais me rappeler ton rire. Comme tu étais belle! Je ne me rappelle pas t'avoir jamais autant aimée que ce soir-là...

Plus tard, attablée au restaurant, tu lisais ton menu avec attention. Il était si grand qu'il te cachait complètement à ma vue. Et tout d'un coup, de derrière ton menu, je t'ai entendue t'exclamer :

— De la soupe aux nids d'hirondelle ! C'est quoi, c't'affaire-là ? C'est donc ben dégueu !

L'histoire qui suit est pour toi...

▲   ▲   ▲

Je suis arrivé à Bornéo en pleine saison de la mousson. La chaleur était accablante. Je me suis mis à la recherche d'un gîte. Ça a été la croix et la bannière pour en trouver un. Tout était plein partout. Finalement, c'est un missionnaire catholique qui m'a offert l'asile.

Au petit-déjeuner, le lendemain matin, j'ai interrogé mon bonhomme sur les choses à voir et à savoir sur l'île. Il m'a donné un petit cours d'histoire en accéléré et une leçon de géographie. C'est ainsi que j'ai appris que Bornéo est la troisième plus grande île au monde, après l'Australie et le Groenland.

— Elle baigne dans la mer de Chine méridionale. Selon les régions, les ressources naturelles varient : bois, caoutchouc, pêche, poivre, forêt, cuivre, charbon, fer, or et pétrole. La région de Sabah, située au nord de l'île, compte près d'un million et demi d'habitants. Celle de Sarawak, plus au sud, en compte à peine plus, dont les célèbres Dayaks, nos autochtones locaux. Il y a ceux qu'on appelle «de l'intérieur», parce qu'ils habitent l'intérieur des terres. Quant à ceux qui habitent la côte, ils ont longtemps été prénommés les «coupeurs de têtes».

— C'est donc vrai, cette histoire ?

— La légende veut qu'autrefois les jeunes hommes devaient rapporter un trophée sanglant pour être admis dans la tribu. Cette tribu était constituée de différents groupes qui vivaient tous dans une seule maison sur pilotis qu'on appelait la *long-house* parce qu'elle mesurait parfois jusqu'à trois cents mètres.

— Et ces gens étaient réellement des coupeurs de têtes ?

— Lorsqu'on s'enfonce dans la forêt, vers l'intérieur des terres, il arrive qu'on trouve encore des crânes et autres vestiges osseux de cette époque heureusement révolue !

Demande-moi pas pourquoi mais, après son petit discours, j'avais pus faim !

▲ ▲ ▲

Après le repas, je suis sorti me promener. J'ai pris l'habitude, lorsque j'arrive dans un nouveau pays, de prendre le pouls de la place et de discuter avec les gens qui y vivent. Qui mieux qu'eux pourrait me parler de ce qu'il y a à faire ou à voir ? C'est comme ça que, au hasard de mes pas, je me suis retrouvé dans un petit bar local. Je dis bar, mais imagine-toi plutôt une cabane avec seulement trois murs de planches pas toutes de la même longueur, clouées n'importe comment les unes par-dessus les autres et recouvertes d'un morceau de tôle et de feuilles de palmier ou de bananier qui servent de toit ! J'te jure, Émilie, ça ressemble aux cabanes qu'on se construisait quand on était p'tits !

C'est là que j'ai rencontré Peter, un Américain en vacances. D'habitude, je ne raffole pas d'eux, mais lui est très sympathique. Et il parle français ! Avec un accent épouvantable, mais quand même !

— *My name is Peter.*

— *Hi, I'm Victor. Where are you from ?*

— *Boston. And you ?*

— *I'm from the province of Quebec.*

— Hé ! tou é kénédieune ?

C'est comme ça que j'ai appris qu'il parlait français.

—Ouais, je suis canadien. Si on veut...

On s'est mis à jaser comme deux vieux chums. Il m'a raconté que, comme moi, il était en voyage, mais qu'il ne visiterait que l'Asie. Il a aussi dit qu'il était venu à Bornéo pour se faire un peu d'argent afin de pouvoir continuer son voyage.

—Serais-tiou inntéressié à truavailliier aussiiii ?

Son accent me tombait un peu sur les nerfs, alors je lui ai répondu en anglais.

—*It depends...*

—*On what?*

—C'est légal ?

—*Well, yes and no!*

—Ça ne m'intéresse pas alors. Pas question pour moi de faire des passes croches ! Je suis en voyage pour au moins un an encore et je n'ai pas envie de me ramasser dans la merde avec les autorités du pays parce que j'aurais fait des affaires illégales !

Il a éclaté de rire.

—*I understand but don't worry...* Jeu neu parle pas de drwogue ou de prostitutieunne. Jeu teu pârle de fiaire la cueillette de nids d'hirondelle !

— Quoi ?

— Je deumande si toi avoir envie de veunir avec moi dans les grwottes de la forêt bornéenne pour rwamasser des nids ?

En l'entendant me dire ça, j'ai tout de suite pensé à toi.

▲ ▲ ▲

La cueillette des nids d'hirondelle est permise au printemps et à l'automne, mais certains intrépides se font un plaisir de défier les lois. Comme on était en janvier, c'était notre cas !

On est partis, le lendemain. On a été chanceux sur le pouce. En moins de vingt-quatre heures, on avait réussi à couvrir la distance qui nous séparait du village de Niah. Dommage qu'il pleuve autant. J'aurais aimé voir ça sous le soleil, mais c'est la mousson. Il pleut depuis octobre et ça ne va s'arrêter qu'en février ! J'te jure, c'est débile. Si j'avais su, je ne serais pas venu ici en cette saison... J'aurais dû écouter durant mes cours de géographie à l'école... (*joke*!)

On a donc décidé de s'installer ici, juste le temps de trouver un guide pour nous accompagner jusqu'aux fameuses grottes de Niah, perdues à cinq kilomètres du village, en plein cœur de la forêt tropicale.

C'est là que les hirondelles fabriquent leurs nids. Peter m'a expliqué que c'est ici, dans le village de Niah, qu'on nettoie et transforme les nids pour les rendre prêts à l'exportation vers les pays étrangers.

— Les nids sont d'abord nettoyés pour les débarrasser des éléments non comestibles qu'ils contiennent : duvet, brindilles, etc. Ils sont ensuite mis à sécher au soleil. Lorsqu'ils sont secs, il ne reste plus que la salive fibreuse, qu'on moule en galettes. Le tout est ensuite envoyé aux États-Unis, en Chine et un peu partout à travers le monde à quatre ou cinq cents dollars américains le kilo.

— Et combien gagnent ceux qui les ramassent ?

— Un dollar du nid, je crois.

— Maudite exploitation capitaliste ! Mais où t'as appris tout ça, toi ?

— Mon père était ornithologue. Il étudiait les oiseaux. Depuis que je suis tout petit, j'entends parler d'eux. J'avais deux ou trois ans quand il m'a parlé des nids d'hirondelle pour la première fois. C'était sa passion. Il est venu ici à plusieurs reprises pour faire des recherches et de l'observation. En septembre dernier, il y est venu pour la dernière fois. Il est mort en octobre...

Je ne savais pas quoi dire.

— Pour oublier ma peine, j'ai décidé de faire ce voyage. Ma petite aventure à Bornéo est une sorte d'hommage à sa mémoire.

▲ ▲ ▲

On a trouvé notre guide l'après-midi même. Pour une trentaine de dollars, il a accepté de nous conduire. On a marché pendant des heures, dans des conditions infernales. La pluie, l'humidité et les insectes, quel cocktail explosif. Je suis couvert de piqûres, d'égratignures et de plaies. Mes vêtements sont trempés, même ceux dans mon sac à dos! La semaine va être longue...

On s'est donné un mal de chien, mais le résultat en valait la peine. Le décor est féerique. Les grottes de Niah sont parmi les plus grandes du monde. À elle seule, l'entrée de la grotte doit avoir plus de soixante-dix mètres de haut! Et c'est au plafond de ces grottes que les hirondelles arriment leurs nids!

— Je comprends astheure les prix affichés sur les menus de restaurant.

— D'autant plus que ces nids sont très rares. Imagine, chaque mâle met un mois à fabriquer un seul nid. En proportion, c'est plus que le temps que ça prend à un homme pour bâtir sa maison !

Après avoir admiré l'ouverture impressionnante de la grotte, on y est entrés. Il y faisait pas mal noir et on ne voyait pas grand chose.

— Plusieurs centaines de milliers d'oiseaux logent ici, mais il fait trop noir et ils sont trop petits et trop hauts pour qu'on les voie. Écoute...

Le piaillement de ces centaines de milliers d'oiseaux qui travaillaient dans la voûte rocheuse au-dessus de nos têtes était amplifié par l'écho. C'était cacophonique.

— Ces oiseaux sont minuscules, mais très résistants. Ils ont une espérance de vie moyenne de vingt et un ans. On les appelle hirondelles mais en fait, il s'agit d'une variété de martinets qui ne vit qu'en Asie. Il n'y a que cette espèce qui possède la propriété de fabriquer un nid comestible à partir d'algues et de salive.

En entendant ça, j'ai tout de suite pensé à la grimace de dégoût que tu ferais lorsque tu me lirais! Heureusement que tu n'en as pas mangé, hein?

Autour de nous, des échafaudages étaient empilés. Durant la saison de la cueillette, les chercheurs de nids habitent dans l'entrée de la grotte. C'est là que nous nous sommes installés.

Peter m'a expliqué que ces échafaudages servent aux cueilleurs pour grimper jusqu'au plafond de la grotte. Il s'agit de troncs d'arbre empilés les uns par-dessus les autres. Certains d'entre eux se tiennent encore debout après presque quatre-vingt-dix ans et s'élèvent à une hauteur de soixante-quinze mètres. Les différentes galeries sont reliées entre elles de la même manière. On en compte plus d'une centaine. C'est là que durant des mois d'habiles grimpeurs vivent suspendus dans le noir presque total, entre ciel et terre, et cueillent avec d'archaïques instruments de bambou ces nids qui feront les délices de riches gourmets. Et ça dure comme ça depuis la dynastie des Tang, qui a vu le jour sept cents ans après Jésus-Christ!

On a passé dix jours dans la grotte. Peter s'est ramassé une petite fortune. C'est grâce à lui que le petit colis qui accompagne cette lettre te parviendra. Mon séjour à Bornéo s'achève. Je suis triste de quitter l'endroit, mais pas fâché de partir vers des cieux plus cléments. Je ne sais pas encore quelle sera ma prochaine destination. Je vais vérifier ça tout à l'heure, lorsque j'aurai terminé d'écrire ta lettre et d'emballer tes petits nids d'hirondelle. Eh oui ! Je n'ai pas pu résister. Je t'en envoie un fraîchement cueilli et qui n'a pas été transformé. Je t'en fais également parvenir un traité. Je t'avertis tout de suite : ce n'est pas moi mais Peter qui les a ramassés. Que veux-tu, ça m'aurait fait plaisir, mais j'ai découvert à Bornéo que je souffrais... du vertige ! Et ce dès le premier jour. À quatre-vingt-dix centimètres du sol, j'étais déjà tremblant de peur. Imagine-toi là-haut. Rien que d'y penser, mon cœur se serre... J'ai donc passé ces dix jours de cueillette à me promener dans la forêt, à la recherche de crânes abandonnés par les coupeurs de têtes. Heureusement, je n'ai rien trouvé !

Je vous embrasse, toi et Macha.

Victor, Bornéo

Huitième lettre
À l'abordage !

Cher Mi noncle,

En quittant Bornéo, nous avons été attaqués par des pirates

C'était la nuit. Frank tenait la barre tandis que je dormais. Un bruit sourd m'a réveillé en sursaut. On aurait dit un bruit de lutte. J'ai bondi hors de mon lit et grimpé sur le pont en quatrième vitesse. Les premières lueurs de l'aube apparaissaient à l'horizon. J'ai trouvé Frank assommé au pied de la barre à roue. Deux hommes habillés tout en noir fouillaient dans ses poches. Ils ne m'ont pas entendu arriver. Je m'étais muni d'une arme : un fusil à harpon, acheté d'occasion, pour mes sorties de plongée. Lorsqu'ils m'ont aperçu braquant mon arme sur eux, ils n'ont fait ni une ni deux et ont levé les bras. Peu à peu, Frank a repris ses esprits.

Lorsqu'il fut complètement revenu à lui, il m'a aidé à m'occuper de nos deux pirates. Le jour était presque entièrement levé.

— Qu'allons-nous faire d'eux ?

— Leur faire faire une petite voyage à la nage. Qu'en pensez-vous, les gars ? dit-il en se tournant vers eux.

Comme s'ils avaient compris ce qu'on disait, le plus grand des deux supplia :

— *No, no! Sharks! Sharks!*

— Qu'est-ce qu'il dit ?

— Il dit qu'il y a des requins.

Prenant mon rôle très au sérieux, j'ai fait comme dans les films que j'avais vus. Je jouai les durs et haussai les épaules.

— Et alors ? Requin toi-même !

Pendant ce temps, Frank les fouillait. Dans leurs poches, il a trouvé près de mille dollars américains et un petit revolver. Il a pris le fric et l'arme, puis on a fait signe à nos deux bonhommes de plonger.

Après un moment d'hésitation, ils ont plongé et regagné leur embarcation à la nage. Lorsqu'ils furent remontés dedans, Frank a tiré un coup de feu en l'air pour les effrayer. Ils n'ont pas demandé leur reste et ont déguerpi en moins de deux.

Frank et moi étions complètement sonnés. Lui plus que moi, car son sourcil gauche saignait. J'ai nettoyé la plaie et lui ai fait un pansement. En silence. Puis j'ai préparé du café. Ce n'est qu'après la seconde tasse que nous nous sommes remis à parler.

— On est chanceux de s'en être tirés à si bon compte.

— Tu peux le dire. On a même fait mille dollars de profit.

— Que comptes-tu faire de l'argent qu'on leur a piqué ?

— Le garder ! À qui veux-tu le rendre ? Je comptais le partager avec toi.

— Si je n'étais pas si ébranlé par toute cette histoire, je crois bien que je hurlerais de joie à l'idée d'avoir cinq cents dollars américains en poche. Mais là je t'avoue que je m'en fous pas mal...

L'aventure m'avait plus fortement secoué que je ne l'avais cru. Soudainement, le plaisir d'être en mer semblait m'abandonner. Mon intimité avait été violée et je désirais oublier tout ça.

Frank me remit ma part du butin et je descendis dans ma cabine pour tenter de dormir un peu, mais je ne suis pas arrivé à fermer l'œil. Soudainement, ma couchette m'est apparue trop petite, étouffante même. Je me suis relevé et précipité vers le grand air.

Lorsqu'il m'a aperçu, Frank est venu vers moi.

— Ça n'a pas l'air d'aller.

— Je ne sais pas ce que j'ai, mais j'étouffe. Tout à coup, tout me paraît trop petit, trop étroit.

— C'est le choc. Installe-toi sur le pont et repose-toi.

Durant deux jours, j'ai espéré que ma claustrophobie passe, mais elle allait toujours en grandissant.

Mine de rien, Frank m'observait du coin de l'œil. Au matin du quatrième jour, il est venu me retrouver dans la cuisine.

— J'ai réfléchi à ta situation. À la lumière de ce que j'ai pu observer ces derniers jours, je crois qu'il vaudrait mieux pour toi que tu quittes le navire et que tu ailles de refaire des forces sur la terre ferme. Si j'étais toi, bonhomme, j'irais même consulter un psy. Il faut que tu te débarrasses de ce traumatisme au plus sacrant. Autrement, tu ne seras plus jamais capable de naviguer.

Bien que je ne voulais pas l'admettre, je savais qu'il avait raison.

En posant les pieds sur la terre ferme, j'ai dit adieu à Frank. Désœuvré, je ne savais pas où aller. Je me sentais comme à

Londres, au lendemain de mon aventure avec le fantôme de Karen.

Soudain, je pensai à Hanako et à l'invitation de sa mère de venir la visiter si jamais l'envie me prenait de faire un détour par le Japon.

Neuvième lettre
Méli-mélo japonais !

Moshi, *moshi* Véro,

C'est comme ça que les Japonais disent allô au téléphone. Comme tu peux le deviner, me voilà rendu au Japon depuis trois jours. Hé, c'est complètement capoté ici. La ville est immense et elle grouille de monde, jour et nuit. Le Tokyo nocturne est bien plus hallucinant que New York : c'est un monde criard et chaotique, plein de lumières, de vibrations de toutes sortes et de bruits constants. Dans cette nuit cacophonique et technicisée, l'œil n'aperçoit que des affiches, des néons, des enseignes qui clignotent et annoncent des réclames de toutes sortes et un incroyable enchevêtrement de lianes composées de fils électriques et de câbles téléphoniques qui flottent au-dessus de tout cela. Du lierre métallique dans une jungle des temps modernes, quoi !

Quant à la foule, elle est complètement dingue : cent fois plus de monde que
chez nous dans cent fois moins d'espace !
Ça fait qu'ici les gens vivent entassés les
uns sur les autres comme des sardines. La
preuve ? Je couche depuis deux nuits dans
un hôtel-capsule ; ma chambre – si on
peut appeler ça ainsi – est encastrée dans
un mur ! Imagine-toi un tas de comparti-
ments géants empilés les uns par-dessus les
autres. Lorsque la cabine est située trop
haut, tu y accèdes par une échelle. C'est
aussi simple que cela. À l'intérieur, c'est
grand comme une tente deux places et
c'est à peu près de la même hauteur. Je
peux y tenir assis confortablement, mais
pas debout. Il y a un futon, une petite télé
couleurs et la radio. Les murs sont en
plastique moulé comme ceux d'une cabine
de douche. J'te jure, man, c'est vraiment
weird ! J'aimerais ça que mi noncle voie
ça ! Y capoterait ben raide... Comme moi
ce matin quand je suis passé voir le caissier
pour lui régler le prix de ma chambre. Tu
ne devineras jamais ! Il a sorti de derrière
son comptoir un boulier en bois et s'est mis
à compter ce que je lui devais là-dessus !
T'imagines-tu ? Je suis au pays de l'in-
formatique, des calculatrices et de la
miniaturisation et mon hôtelier se sert

d'une machine à compter archaïque, inventée il y a plus de deux mille ans par des Chinois ! Comme dirait Obélix : «Y sont fous, ces Japonais !»

La barrière de la langue est ici plus grande que tout ce que j'ai connu ailleurs. Contrairement à ce qu'on pourrait penser, le Japon n'est pas très américanisé. Ce n'est donc pas tout le monde qui parle anglais. Tu t'imagines ? Me voilà rendu au bout du monde, dans une ville surpeuplée, et je n'arrive pas à communiquer avec personne. Je suis incapable de lire la moindre affiche, le moindre nom de rue et je ne comprends pas un traître mot de ce que les gens me racontent ! C'est hallucinant... mais la bouffe est bonne en maudit.

Ça fait trois jours que je cherche une adresse dans Tokyo et que je ne la trouve pas. Crois-le ou non, les rues sont sans nom et les maisons sans façade. Il n'y a que les facteurs qui s'y retrouvent ! Même les chauffeurs de taxi ne peuvent te conduire à destination... Comme ils ignorent les numéros des portes, ils te débarquent généralement au coin de deux rues. Et là, la personne chez qui tu t'en vas doit venir te chercher, sinon tu te perds encore. Ça fait trois jours que je me promène à pied dans le dédale des rues et des ruelles de Tokyo pour tenter de trouver l'adresse de la résidence des parents d'Hanako. J'y serai, semble-t-il, accueilli à bras ouverts. Ce qui est rare au Japon. Ici, tous les gens sont gentils et serviables. Sur la rue, tu peux demander à n'importe qui de t'aider et ça a l'air de lui faire plaisir de le faire, mais dès qu'il est question de pénétrer dans leurs maisons c'est une autre histoire ; les Japonais sont un peuple très raciste. Le premier mot qu'un visiteur apprend en arrivant ici est *gaijin*. Ça veut dire « personne de l'extérieur », « étranger » en japonais. Et malgré toute la politesse dont ils font preuve, aucun Japonais ne te permet d'oublier qu'au fond, tu n'es qu'un barbare venu d'ailleurs...

Comme les parents de Hanako ont vécu en Europe pendant près de vingt ans, j'imagine qu'ils seront plus ouverts aux Occidentaux.

▲　▲　▲

Excuse-moi, ça fait deux jours que je n'ai pas touché à cette lettre. J'ai fini par trouver la maison des parents de Hanako.

Je suis donc maintenant installé dans le quartier de Akasaka.

Mon arrivée ici s'est effectuée exactement comme Hanako me l'avait décrite. Je me suis présenté à la porte de ses parents. Comme elle me l'avait mentionné, j'ai trouvé accroché, à gauche, à la hauteur des yeux, une plaque sur laquelle étaient inscrits le nom et le prénom de son père. Heureusement pour moi, on les avait aussi écrits en anglais, sinon, je chercherais encore. Lorsque j'ai été certain d'être au bon endroit, j'ai sonné. Au bout de quelques secondes, j'ai entendu la voix d'une femme derrière la porte qui me demandait qui j'étais.

— Je suis Victor, un ami de Hanako.

— Oh, Victor! Je vous attendais beaucoup plus tôt.

La porte s'est ouverte et une très jolie femme en kimono s'est inclinée devant moi. Elle s'est assise les jambes repliées sous elle. Ici c'est la position la plus respectueuse pour une femme pour accueillir un invité. Hé, faut que j'te parle de la maison japonaise, man. C'est vraiment super!

Quand tu entres, tu te retrouves sur un plancher de ciment situé environ trente centimètres plus bas que le sol de la demeure. La femme m'a prié de retirer mes chaussures et de les aligner le long du mur avec les autres. Curieusement, tous ces souliers avaient leurs pointes dirigées vers l'extérieur. J'ai donc rangé les miennes de la même manière en lui demandant pourquoi il en était ainsi.

— Le vestibule est le visage d'une maison. Au Japon, nous croyons que les voleurs n'oseront pas cambrioler une maison après en avoir vu le vestibule propre fourni de chaussures bien disposées.

— Je croyais que c'était pour indiquer la sortie.

Elle a souri.

— C'est un peu ça aussi !

Maintenant que j'étais pieds nus (on ne marche jamais avec des chaussures venues de l'extérieur dans une maison japonaise), Miyako – c'est le nom de la mère de Hanako – m'a invité à monter la rejoindre sur le parquet de bois du couloir qui conduit à la cuisine et à la salle de séjour. Cet espace s'appelle le *chanoma*, mot qui veut dire « espace de thé ». Cette différence de niveau d'environ trente centimètres est une façon pour les Japonais de marquer la différence entre l'espace extérieur et intérieur de la maison. En gravissant cette marche, je venais de pénétrer dans l'intimité d'une maison japonaise, un privilège que peu d'Occidentaux connaissent. Ça m'a ému.

En silence, j'ai suivi Miyako. Son pas était rapide. J'ai pensé qu'elle devait avoir quelque chose sur le feu ou quelqu'un qui l'attendait au téléphone, mais ce n'était pas le cas. Simplement, elle se dépêchait d'arriver au bout de la maison pour me permettre de m'installer confortablement et me procurer, aussi vite que possible, le confort qui est dû à un invité ! Il semblerait que, malgré le fait que nous soyons au vingt et unième siècle, la condition des femmes n'ait pas beaucoup changé ici. Elles font des études universitaires, mais ce n'est que pour passer le temps en attendant de se marier. Et encore, il faut qu'elles se dépêchent car à partir de vingt-cinq ans, une femme est considérée ici comme vieille et voit ses chances de se faire épouser considérablement diminuées. Le premier enfant arrive quelques années après le mariage et le second, quelques années plus tard. La pression sociale étant très forte, la plupart des femmes s'en tiennent à ce modèle de vie. Miyako, avec qui j'en ai discuté ultérieurement, m'a confié que, bien que d'accord avec les préceptes du féminisme, elle aurait sans doute élevé Hanako ainsi si elle avait dû faire son éducation au Japon plutôt qu'en Europe.

— Au Japon, ne pas être conforme à la norme entraîne plus de problèmes que de bienfaits. Surtout pour une fille. Les femmes tiennent leurs bols et leurs tasses d'une autre manière que les hommes, elles saluent en s'inclinant plus bas qu'eux et elles utilisent un vocabulaire et des terminaisons de verbes différents de ceux des hommes.

Pendant que mon hôtesse me parlait, nous étions parvenus à l'autre bout de la maison, dans une pièce au sol recouvert de tatamis.

— Voici la pièce des invités.

Comme on ne marche pas sur des tatamis autrement que pieds nus, Miyako a retiré ses sandales de bois traditionnelles, qu'on appelle ici *gettas*. Encore une fois, le sol de cette pièce est surélevé de quelques centimètres. C'est comme si le degré de propreté augmentait chaque fois qu'on monte et chaque fois qu'on change de matière (ciment, bois, paille). Je suis entré dans cette pièce et Miyako m'a servi du thé vert sur une table basse. Je me suis assis sur un coussin carré appelé *zabuton*.

Après quelques échanges de salutations et un brin de causette, Miyako m'a averti que le bain était prêt pour moi ! J'ai failli m'étouffer. Hé man, je croyais qu'elle était en train de me faire une proposition malhonnête ! Elle a éclaté de rire devant mon air ahuri.

— J'oubliais que le bain n'a pas la même signification dans votre pays. En Occident, personne n'oserait proposer un bain à ses invités quelques minutes après leur arrivée. Ici, c'est un rite d'accueil. C'est un don de plaisir, au même titre qu'une bonne bouffe.

Pour que tu puisses partager cette expérience particulière, chère Véro, je vais t'expliquer à présent comment on prend son bain au Japon.

La pièce dans laquelle se trouve la baignoire n'a généralement rien d'extraordinaire. Elle mesure environ deux mètres sur deux mètres cinquante. Le sol est carrelé. La baignoire est... en bois ! On se déshabille d'abord dans une pièce contiguë à la salle de bains dans laquelle se trouvent le lavabo et les accessoires de toilette. La première chose à faire en entrant dans la salle de bains est d'enlever les planches rectangulaires qui recouvrent la baignoire et de les empiler dans un coin. Puis on prend un petit seau de bois et on le remplit à même l'eau du bain, histoire de s'arroser avec. On répète ce geste plusieurs fois. De cette manière, on se protège du froid et on effectue un premier nettoyage sommaire. On entre ensuite dans la baignoire et on s'étend dans l'eau jusqu'au cou. La baignoire japonaise est suffisamment profonde pour qu'on ait de l'eau jusqu'au menton même en étant assis. C'est très agréable. On y reste environ un quart d'heure, ou jusqu'à ce que l'on sente la transpiration perler sur son front. On sort alors de la baignoire et on s'assoit sur le dallage pour commencer le savonnage. On se rince de la même manière qu'au début, avec le petit bol, puis on retourne se réfugier dans la chaleur de l'eau. On y reste de nouveau dix ou quinze minutes. Les Japonais mettent parfois dans cette eau des pelures d'orange pour la parfumer. Ça détend comme c'est pas permis ! En sortant de l'eau, on remet les planches sur la baignoire, de manière à conserver l'eau chaude pour la personne qui prendra son bain après soi ! Je sais, ça a l'air dégueulasse de prendre son bain dans la même eau que quelqu'un d'autre, mais il ne faut pas que tu oublies que cette eau est propre, puisque tu ne t'es pas lavé dedans.

Quand on a terminé, on se rince une dernière fois avec de l'eau qu'on appelle *agirai*, ce qui veut dire «eau chaude finale». Les Japonais prévoient une réserve d'eau destinée au rinçage final. Man, tu sors de là comme si t'étais un homme neuf. Quant à l'eau répandue sur le plancher, elle s'écoule par un drain de fond et le surplus est épongé par la maîtresse de maison... évidemment!

Cette expérience m'a beaucoup impressionné et fait grand bien. Lorsque j'ai remercié Miyako, elle était contente.

— Je ne croyais pas que tu comprendrais toute la symbolique rattachée au bain. Je vois que oui. Peut-être es-tu mûr pour le *sentô*?

— Le *sentô*? Qu'est-ce que c'est?

— Ce sont des bains publics. Ça ressemble à une salle de bains maison, mais en plus grand et divisé en deux salles, une pour les hommes, l'autre pour les femmes.

— Les gens se lavent devant les autres?

— La notion de pudeur n'est pas la même ici que chez vous. La notion de nudité non plus.

Je n'ai malheureusement pas eu l'occasion d'expérimenter les bains publics durant mon séjour. Par contre, j'ai voyagé beaucoup. À bicyclette surtout. Il faut que je te dise quelque chose de complètement capoté : ici, les vélos, tu n'as pas besoin de t'en acheter. Les trottoirs en sont pleins. Tu n'as qu'à te servir. Tu empruntes un vélo sur la rue et tu le laisses à ton point d'arrivée. Quelqu'un d'autre le prendra là et l'utilisera pour se rendre plus loin ! Et personne ne s'en fait avec ça ! Flyé, hein ?

Le Japon est plein de charmants villages ruraux nichés au creux des vallées, entre les montagnes, et j'ai passé de merveilleux après-midi à me promener d'un endroit à l'autre. Faire du vélo au Japon est dangereux à cause de l'énorme circulation sur les routes principales, mais une fois que l'on s'est éloigné des grands centres ou des grandes artères, la randonnée devient un plaisir.

Faire du pouce est aussi facile. Et sécuritaire. Comme peu de Japonais se servent de ce moyen de transport, il faut d'abord faire comprendre aux automobilistes que l'on veut se faire embarquer. Je leur faisais donc de grands signes et aussitôt quelqu'un s'arrêtait et nous prenait, moi et ma bicyclette. À partir du moment où j'étais à leur bord, les automobilistes se sentaient responsables de moi et souvent, je les ai vus faire un détour considérable pour venir me reconduire à destination. C'est pas chez nous qu'un automobiliste ferait ça, hein ?

Je t'embrasse et te dis *aligato*,

Victor, Japon

Dixième lettre
Les reliefs du Népal

Cher Martin,

Ma dernière lettre est pour toi. J'ai mis près de six mois à l'écrire. Chaque fois que je croyais en avoir terminé la rédaction, se produisait un événement qui m'empêchait d'y mettre le point final. Cette fois ça y est : il est posé. C'est donc la dernière lettre que le voyageur que j'étais vous écrit. Mon pèlerinage est terminé : ton ami Tortue vient finalement de déposer ses bagages...

▲ ▲ ▲

Katmandu à la veille de la mousson.

Je loge au *Mountain View*, un hôtel qui se veut deux étoiles et auquel j'en enlèverais bien une *illico* ! Encore tout à l'heure, tandis que je prenais ma douche, l'eau s'est coupée et n'est pas encore revenue. C'est au moins la troisième fois cette semaine ! Tel que promis plus tôt cette semaine au gérant de l'hôtel, je descends donc de ce pas dans le hall pour m'installer bien en vue dans le fauteuil qui fait face à la porte d'entrée, histoire de faire un peu de publicité à l'établissement !

Vingt minutes plus tard.

Ça y est, me voici dans le lobby de l'hôtel ! Tu devrais voir la tête des gens qui entrent et qui m'aperçoivent encore tout poisseux ! Certains ont déjà tourné les talons. Tant mieux !

Tu dois te demander comment, du Japon, je suis arrivé jusqu'aux Indes. C'est une longue histoire, pas très compliquée, mais trop longue à raconter. Sache seulement que j'ai fait la connaissance d'un gars qui m'a parlé de son ami Thierry, un chef d'expédition de trekking qui s'apprêtait à tourner un documentaire sur sa prochaine aventure. Je pense que ma caméra vidéo qui me suit partout depuis le début de mon voyage devait y être pour quelques chose, qu'en dis-tu ?

C'est à Goa que j'ai fait la connaissance de ce géant corse, baraqué comme une armoire à glace mais doux comme un agneau. Fatigué de la vie dans cet endroit de villégiature, il m'a demandé si je serais prêt à le suivre dans une grande aventure.

— Laquelle ?

— Une aventure fabuleuse, mais dangereuse. Il existe dans la forêt népalaise une tribu d'hommes appelés Rajis qui vivent de la cueillette du miel, une coutume ancestrale qui remonte à plus de douze mille ans. Dix mois par année, une poignée d'entre eux suivent le printemps et les fleurs. Car là où il y a des fleurs, il y a du pollen. Et là où il y a du pollen, il y a des abeilles.

— Et des Rajis, c'est ça ?

— C'est ça !

— En somme, tu me proposes la quête d'un printemps perpétuel, si j'ai bien compris ?

— Avoue que la proposition est plutôt romantique !

Pour toute réponse, j'ai éclaté de rire.

▲ ▲ ▲

Nous avons mis quelques semaines à mettre au point les préparatifs. Un mois plus tard, nous étions au Népal et c'était le départ pour la grande aventure !

L'itinéraire n'allait pas être facile. Pour trouver les Rajis, nous allions devoir nous mettre à leur recherche dans une forêt immense, située au sud-ouest du Népal, à la frontière de l'Inde. Rien ne nous garantissait que nous allions réussir. Aujourd'hui, avec le recul, je réalise que nous avions autant de chances de parvenir à nos fins que de trouver une aiguille dans une botte de foin ! Mais la Providence nous a souri. À plus d'un égard...

Notre équipe se composait au départ de trois personnes : Thierry, Rahni et moi. Lorsque j'ai aperçu cette fille pour la première fois, mon cœur a fait un petit bond.

—Rahni va faire partie de notre groupe. Je la connais depuis qu'elle est toute petite. Elle va nous servir d'interprète et aussi de photographe. Elle est jolie, n'est-ce pas ?

Je rougis jusqu'au cheveux en serrant la main délicate de cette fille.

—Ne t'en fais pas, elle ne comprend pas très bien notre langue. Quoique je la soupçonne de la connaître un peu mieux qu'elle veut le laisser paraître.

En voyant ses yeux briller, malgré son visage impassible, je me suis dit que Thierry avait sans doute raison !

Durant les jours qui suivirent, nous avons marché à travers une forêt d'une incroyable densité. Le parcours m'a paru bien pénible, ce qui ne semblait pas être le cas de Rahni.

Forte et délicate à la fois, elle portait sans se plaindre une charge de plusieurs kilos. Au début, je n'échangeais avec elle que des regards rapides. Et lorsqu'elle croisait mon regard, elle baissait immédiatement les yeux. Pour elle, je n'étais qu'un *sahib*, un étranger inaccessible. Le soir, dans nos campements, lorsqu'elle dormait, je m'arrangeais pour orienter la conversation sur elle. Thierry faisait semblant de ne pas voir mes manœuvres. Il l'avait connue quelques années plus tôt dans ses expéditions précédentes.

— Elle est issue d'une des familles les plus pauvres du pays. Lorsque sa mère est décédée, elle avait neuf ans. Ça ne l'a pas empêchée de prendre en charge sa petite sœur.

— Et son père ?

— Il a abandonné sa famille après la naissance de cette seconde enfant.

— Elles vivent de quoi ?

— Sa sœur cultive un lopin de terre minuscule dans lequel elle fait pousser de minables pommes de terre.

— Et Rahni ?

— Lorsque j'ai fait sa connaissance, elle était atteinte d'une forte fièvre que j'ai réussi à guérir grâce à quelques médicaments apportés de France. C'était mon premier voyage ici. Je n'avais nulle part où habiter et, comme sa petite sœur était trop jeune pour demeurer toute seule pendant la convalescence de Rahni, je me suis installé chez elles. J'y suis resté six mois. Depuis, je me suis toujours occupé d'elles d'une manière ou d'une autre. Il y a cinq ans, à l'occasion d'un de mes séjours ici, Rahni m'a demandé de l'initier à la photographie. Un art pour lequel elle démontre un talent fou. C'est pour cette raison que j'ai tenu à ce qu'elle nous accompagne ; elle ne le sait pas encore, mais j'ai l'intention d'envoyer ses photos accompagnées d'un texte écrit par moi au magazine *National Geographic*. Le genre d'expédition que nous menons est un sujet en or pour eux. Et comme j'ai déjà publié des choses dans certaines de leurs éditions, ça devrait se passer sans mal.

Au fil des kilomètres, les regards entre Rahni et moi devinrent plus soutenus. Il y eut ensuite les marques d'attention réciproques et les gestes simples : le sac à dos que l'on ajuste pour l'autre ou que l'on aide à endosser, le partage des vivres...

Les leçons de français que je me mis à lui donner allaient nous servir bientôt de prétexte pour assouvir cette envie que nous éprouvions mutuellement de faire la route ensemble, côte à côte. Puis il y a eu le plaisir de se retrouver le soir, l'envie de chahuter, les taquineries échangées... Bref, j'étais au bout du monde, au fin fond d'une forêt sauvage, et voilà que je me comportais comme tous les amoureux du monde qui se nourrissent de ces jeux complices, bébêtes, simples, éternels et merveilleux. Ça a duré des semaines. Jusqu'à ce soir de tempête où, dans le déluge, nous avons perdu Thierry de vue. Heureusement, nous avons trouvé un refuge de montagne sur notre chemin. Nous avions perdu Thierry, mais nous avions un abri et de quoi survivre quelques jours. Malgré la tempête qui sévissait et les dangers qu'elle pouvait représenter, je n'étais pas mécontent de me retrouver seul avec Rahni.

Ce qui devait arriver arriva. C'était la première fois depuis ma rupture que je couchais avec une autre femme que Charline. À mon grand étonnement, j'y ai pris plaisir et n'ai pas ressenti de culpabilité. C'est là que j'ai compris que notre amour était mort et que j'étais libre d'aimer de nouveau, ce que je fis avec passion durant les trois jours qui suivirent.

Au matin de la quatrième journée, nous entendîmes frapper à notre porte. C'était Thierry. Lorsqu'il entra, il nous trouva enlacés. Il sourit, pas gêné du tout, et nous fit savoir qu'il nous attendait dehors. Rahni et moi éclatâmes de rire. Lorsqu'il a eu refermé la porte, nous nous sommes rhabillés en vitesse et l'avons rejoint rapidement.

Quelques jours plus tard, dans la forêt du Teraï, je les ai aperçus pour la première fois. Leur groupe n'était composé que des quelques individus rassemblés au pied d'un arbre gigantesque.

— Les abeilles choisissent toujours des arbres immenses. C'est l'odeur qu'ils dégagent qui les invite à s'y installer.

Femmes, enfants et vieillards, attroupés un peu en retrait, avaient le cou tendu vers le sommet de l'arbre. Des branches s'échappait de la fumée.

— À quoi sert cette fumée ?

— Elle est attachée au cou du grimpeur et sert à endormir les abeilles qui tentent de l'approcher.

— Et ça marche ?

— Oui et non...

J'étais fasciné. Déjà, Rahni, caméra à la main, s'était approchée. Lorsqu'ils l'ont aperçue, certains membres du groupe ont eu un mouvement de recul. Mais en l'entendant s'exprimer dans leur langue, ils ont tôt fait de lui laisser une place parmi eux.

J'étais un peu inquiet.

— Ces abeilles, si elles décidaient d'attaquer ?

— C'est effectivement un danger qu'elle court.

Plus lâche que Rahni, grâce au zoom de ma caméra, il me fut possible de saisir des images tout en demeurant à distance. Pendant plus d'une heure, j'ai observé un homme faire l'ascension d'un arbre gigantesque. Parvenu à une certaine hauteur, le voilà qui se met à avancer en équilibre sur une branche et qu'il marche vers son extrémité.

— Il vient de repérer une ruche.

— Comment ça, une ruche ? Il y en a plusieurs ?

— Dans ces forêts, c'est dans les arbres que les abeilles élisent domicile. Un arbre comme celui-ci peut contenir une quinzaine de ruches. Dans chacune d'elles, plus de soixante mille ou soixante-dix mille abeilles vivent. C'est plus que la population d'une ville ici.

Pieds et mains nus, avec pour seule protection un turban autour le chasseur s'est doucement allongé sur la branche et s'est avancé vers l'essaim avec un filet de pêche. À l'aide d'une simple corde, dont il se sert comme d'un fil à beurre, il a entouré la ruche en un endroit précis et tranché la partie désirée. Celle-ci est tombée dans un panier en laissant s'échapper des centaines d'éclaboussures d'or liquide.

— As-tu remarqué qu'il a coupé uniquement la poche qui contient le miel, sans rien déranger du reste de la ruche? Celle-ci pourra donc continuer de fonctionner normalement.

Au pied de l'arbre, où le panier contenant le précieux liquide avait glissé, le cueilleur venait de poser les pieds. Il m'apparut plutôt mal en point; son visage et ses mains étaient gonflés et boursouflés à cause des piqûres dont il enlevait patiemment les dards.

Rahni le mitraillait en rafales.

— Je leur ai demandé si nous pouvions les accompagner durant quelques jours. Ils sont d'accord.

C'est ainsi, mon vieux Martin, que ce soir-là j'ai fait mon premier repas de larves d'abeille grillées – je peux même te dire que j'ai trouvé ça bon ! –, que nous avons assisté à la cérémonie des compresses qu'on appliquait sur le visage, les mains et les pieds du cueilleur pour calmer la douleur de ses piqûres et que nous nous sommes endormis à la belle étoile enroulés dans une couverture sur un lit de feuilles mortes avec nos nouveaux amis.

Nous avons passé au total près de deux mois avec les Rajis. Chaque jour, nous avons repris la route à la recherche d'un nouvel arbre à miel. Dès qu'il était repéré, les femmes, les enfants et les vieux se mettaient à la tâche : cueillir les racines, les baies sauvages et les herbes médicinales dont nous aurions besoin pour la journée, deux jours au plus. Les Rajis vivent au jour le jour, voyageant sans entraves, et trouvent sur place la nourriture et les choses nécessaires à leurs besoins. S'il est des gens véritablement libres, je dirais que les Rajis sont de ceux-là !

Parfois, lorsque le cueilleur repérait un arbre, il s'agenouillait et balayait doucement les feuilles mortes tombées près du tronc. Lorsqu'il y découvrait deux bouts de ruban, un rouge et l'autre blanc, ainsi qu'une pierre tachée de sang séché, cela signifiait qu'il s'agissait d'un arbre sacré. Et qu'il faudrait procéder à un sacrifice avant d'y grimper ! Selon le rituel établi, les Rajis égorgent alors un coq blanc et versent son sang sur les racines de l'arbre. « Voici ta part. Accepte cette vie, épargne la nôtre », prononce celui qui officie la cérémonie. Ensuite seulement, le grimpeur peut commencer son ascension.

Durant tout le temps que j'ai passé en forêt avec eux, chacun de ces sacrifices destinés à protéger le cueilleur sembla fonctionner. Malheureusement, le dernier jour, notre ami Punjadour n'a pas eu la même chance que d'habitude. Quelques minutes après avoir débuté son ascension, il fut férocement attaqué par les abeilles et fit une chute de plusieurs mètres. Heureusement pour lui, à part de nombreuses contusions et ecchymoses, il était sauf. Nous en avons été quittes pour une bonne peur, tandis que lui prenait les choses avec philosophie : « Quand la vie arrive à sa fin, on tombe », a-t-il simplement conclu.

Quelques jours plus tard, notre randonnée s'est terminée. Et avec elle, ma lune de miel (c'est le cas de le dire, n'est-ce pas?) avec Rahni. Depuis le début de notre expédition, il avait en effet été entendu que j'accompagnerais Thierry en France, histoire de faire le montage de notre documentaire. Durant ce temps, Thierry écrirait la narration du film, puis le reportage qu'il s'était promis de soumettre au *National Geographic*.

Ma séparation d'avec Rahni a été moins douloureuse que j'avais craint puisque j'avais bien l'intention de revenir. Après tout, je ne serais absent que quelques mois...

▲ ▲ ▲

Mon séjour à Paris a été plus court que prévu. Tandis que Thierry était à Londres pour son reportage avec le *National Geographic* – j'avais évidemment refusé de l'accompagner, mais sans lui dire exactement pourquoi –, j'ai décidé de faire un saut en Provence. À Avignon. Rahni me manquait, mais j'avais envie de triper un peu. À la gare, j'ai fait la rencontre de Reinher, un Allemand qui m'a demandé du feu.

— Où tu vas, comme ça?

— Je ne sais pas trop. Je suis en congé pour quelques jours encore et je pensais me promener dans la région avant de repartir pour le Népal.

— Le Népal ?

— Ouais. J'ai laissé là-bas une fille formidable et j'ai très hâte de la retrouver.

— Tu repars quand pour là-bas ?

— Dans deux semaines.

— Mes amis et moi, on s'en va s'installer quelque temps sur l'île de la Bartelasse. Ça te dirait de te joindre à nous ?

— L'île de la Bartelasse ? Connais pas. C'est où ?

— Tout près d'ici. C'est une île où vivent des gitans et des chevaux sauvages.

— Wow. Ça m'a l'air génial. OK, j'embarque !

Les amis de Reihner étaient aussi sympathiques que nombreux. Et paumés. En fait, ils étaient un groupe d'itinérants qui en avaient un peu ras-le-bol de la chaleur qui régnait sur Avignon et qui avaient décidé de s'offrir de petites vacances à la campagne pour échapper à la canicule.

Là-bas, on s'est installés dans des caravanes qui appartenaient à deux gitans, des copains du Chtimi.

Le Chtimi, c'est un vieux monsieur d'une soixantaine d'années, ancien professeur de lycée qui a complètement décroché de tout lorsque, dix ans auparavant, sa femme est morte d'un cancer. Il est alors devenu itinérant. Tu aurais dû le voir : les cheveux blancs comme la neige, les yeux bleus comme la mer et le bout du nez de la même couleur que le gros rouge qu'il avale à même le goulot d'une bouteille qu'on dirait sans fin ! Beau temps mauvais temps, il porte un vieil habit usé, une cravate et des chaussures blanches. Ce bonhomme-là est formidable et tellement attachant.

Son plus grand talent est celui de cleptomane. La première fois que je me suis rendu compte qu'il subtilisait en douce un tas de trucs pendant que nous étions au supermarché, j'ai décidé d'observer comment il s'y prenait. Crois-le ou non, j'avais beau regarder ses mains, je ne l'ai jamais rien vu dérober. Pourtant, quand on est sortis du magasin, il avait un gros morceau de fromage et un jambon entier cachés sous sa veste !

J'ai passé deux semaines avec eux, puis j'en ai eu un peu marre. Je m'ennuyais décidément trop de Rahni pour rester éloigné d'elle plus longtemps.

▲ ▲ ▲

J'avais été absent trois mois en tout. En quittant la France, j'avais envoyé un télégramme à Luis, un des membres de l'équipe de Thierry, qui le chargeait de mettre Rahni au courant de mon arrivée, le 15 du mois courant. Elle n'avait qu'à me rejoindre à l'hôtel, à cette date. Je suis arrivé le 15 au matin. Il y avait sept mois exactement ce jour-là qu'elle et moi avions fait l'amour pour la première fois. À l'aéroport, les formalités furent expéditives. À treize heures, je mettais les pieds dans l'hôtel. Dans le petit hall de réception, je ne la reconnus pas tout de suite. Pourtant, elle était assise dans un fauteuil faisant face à la porte, juste devant moi, celui-là même d'où je t'écris en ce moment. Elle se leva en m'apercevant. En la voyant marcher, je me suis soudainement aperçu de l'ampleur de sa taille...

Elle a pointé son ventre du doigt.

— Tu n'es pas fâché ?

Pour toute réponse, je l'ai embrassée.

Plus tard, tandis que Rahni dormait, seul dans la nuit, je regardais l'Himalaya. « Quelle illusion ! pensais-je. Ce n'est pas le sommet de cette montagne qui représente le plus grand défi qu'un homme puisse relever. » Je retournai me blottir près de Rahni et caressai son ventre de plus en plus rond.

Plus petit que l'Himalaya, mais ô combien plus vertigineux comme défi !

« Tu aimes les reliefs, mon Victor ! En voici un, de belle taille... » que je me suis dit avant de m'endormir.

▲   ▲   ▲

Pangboché

Les sherpas au milieu desquels nous vivons depuis près d'un an maintenant constituent l'une des très nombreuses ethnies du Népal. Nous n'habitons pas un village facile d'accès. Il faut pour l'atteindre dix à douze jours de marche. Si jamais l'envie prenait à l'un d'entre vous de venir nous rendre visite, l'expert en trekking que je suis devenu se fera un plaisir de venir vous chercher. Après tout, comme on dit chez vous : « La distance n'a pas d'importance... »

Tortue, Népal

Onzième lettre

Lettre du bout du monde

Chère Charline,

Quand on aime, on a toujours vingt ans ! C'est peut-être vrai. Personnellement, je crois que c'est surtout un bel âge pour voyager. Ces voyages au bout du monde et de soi sont les plus beaux et les plus durs que l'on puisse faire.

J'ai entrepris cette course autour du monde pour me guérir de toi. Une peine d'amour ! Sans doute la meilleure et la pire des raisons pour enfiler son sac à dos et foutre le camp.

Tiens : le meilleur et le pire... Je serais donc parti en voyage pour les mêmes raisons qu'on entre en mariage ? Ironique, tu ne trouves pas ?

En partant, je croyais le meilleur derrière moi et n'attendais plus que le pire. Au cours de ces longs mois et de ces extraordinaires expériences, j'en suis venu à changer d'idée. Aujourd'hui, je sais que le meilleur reste à venir...

Le globe-trotter parti de Montréal le cœur en pièces en a laissé des morceaux partout où il est passé. On a beau se sauver au bout du monde, ce qui fait mal, on le traîne en soi !

Étrangement, c'est à Paris que j'ai commencé à guérir. Dans ce Paris que je n'avais même jamais imaginé avant de te connaître et dont tu m'avais ouvert les portes, toutes ces nuits où, après avoir fait l'amour, nous faisions aussi des plans ; pour toi c'était Paris, pour moi c'était toi... J'aurais dû me rendre compte que nous n'allions pas dans la même direction, mais je t'aimais tant que je t'aurais suivie au bout du monde. Au bout de moi-même... j'y suis allé malgré tout, mais sans toi !

C'est donc dans cette ville que cette satanée chienne de vie m'a fait un signe : « Hé, toi !... Oui, toi, le mort-vivant ! À quoi tu joues ? » Et elle m'a envoyé Juliette. Cette belle Juliette que pendant un instant, au détour d'une rue, j'ai aimée passionnément. Lorsque Vincent l'a rejointe, j'ai failli pleurer mon nouvel amour qui mourait prématurément. Lorsqu'il l'a embrassée, j'ai murmuré ton nom. Au moment où il posait ses lèvres sur les siennes, j'ai envié ce Vincent, amoureux béni car aimé en retour.

J'ai appris la mort de Juliette, par hasard, quelques jours après. Ce jour-là, j'ai fait le choix de vivre. J'avais quitté le Québec le cœur en miettes et la mort dans l'âme, pour bourlinguer autour du globe et tenter de t'oublier. J'allais revenir en vie. Ce jour-là, mon périple a pris son envol et n'a plus été le même.

▲ ▲ ▲

J'ai téléphoné à Montréal la semaine dernière. J'ai fait le tour de la famille et des copains. Personne ne m'a parlé de toi. Je n'ai pas demandé de tes nouvelles non plus. Cela n'avait pas d'importance, car je suis convaincu que tu vas bien. Je t'ai perdue, certes, mais l'héritage en valait la peine. Aujourd'hui, je suis plein de moi-même, fort de toi et de ce que notre amour m'a légué.

C'est toi qui reçois ma dernière lettre. Celle que je ne relirai pas. Je voulais simplement te dire merci et te souhaiter tout le bonheur du monde, mon doux souvenir. Je dois te quitter : mon fils m'appelle...

Victor, 2010